슬기로운 독서생활

1일 1독, 나를 일으키는 기적의 습관

슬기로운 독서생활

정예슬 지음

BOOKQUAKE

모든 것은
책으로부터 시작되었다

아침에 일어나면 살아 있다는 것이,

숨을 쉬고 생각을 하고 즐기고 사랑할 수 있다는 것이,

얼마나 귀중한 특권인지 생각하라.

마르쿠스 아우렐리우스

책 외에는 달리 설명할 길이 없다.

다시 남편을 사랑하고 아이를 품게 되었으며 그 누구보다 나를 아끼고 사랑하게 되었다. 나를 넘어 타인을 존중하고 이해할 수 있게 되었고 삶에 감사할 줄 알게 된 기적 같은 일 또한 그렇다.

이 모든 것은 진실로 책에서 비롯된 것이다.

자꾸만 읽어야 했고 어느 순간 써야만 했다.

나의 우울, 아픔, 실수, 후회, 그리고 깨달음, 용기, 감사, 통찰……. 할 수 없었던 일과 해냈던 일 사이에서 쏟아져 나온 수많은 감정을 그냥 이대로 흘려보내기 싫었다. 기어코 쓰기 시작했다.

훗날 나의 아들들이 엄마의 한 시절을 기억해 주고, 나와 같은 고민과 아픔의 시간을 살아갈 때 조용히 힘이 되어주길 바랐다. 무수히 흔들리지만, 꺾이지 않으려 애쓰는 그대들을 떠올리며 내 작은 글들이 희망과 위로를 전해 주었으면 하는 마음으로 썼다.

하루 한 권의 책을 읽기 시작했을 때 엄청난 변화를 바랐던

건 아니다. 그냥 읽었다. 그야말로 살기 위해 책을 부여잡았다. 칠흑 같은 어둠에 한 줄기 빛을 찾아 나섰지만 암담함만이 가득했다. 하지만 작은 문장 하나가 가슴에 와닿고 하루를 살아갈 힘을 주었다.

그렇게 차곡차곡 500권의 책과 함께 1년 6개월이라는 시간이 흘렀다. 그동안 나에게 어떤 변화가 일어났을까?

*

새벽 4시 30분에 나의 하루는 시작된다. 이부자리를 정리하고 욕실로 향한다. 거울 속 나에게 다정한 인사를 건넨다.

"좋은 아침! 오늘도 멋진 하루가 시작되었네!"

배시시 웃으며 세수를 한다.

따뜻한 물 한 잔을 두 손에 쥐고 벽에 붙은 비전 보드를 본다. 나와 우리 가족의 꿈이 가득한 보물 지도를 보는 것만으로도 힘이 솟는다. 원하는 모든 것들이 이루어졌다고 상상하면 가슴이 벅차다. 절로 긍정 확언이 솟아난다.

"된다, 된다, 잘된다."
"우리 내면 깊은 곳에는 무엇이든 이룰 수 있는 강력한 힘이 있다."

간단한 스트레칭을 하고 책상에 앉아 모닝 페이지를 작성한다. 줌에서 '함께'의 힘을 느끼며 글을 쓰고 책을 읽는다. 아이들이 일어나기 전, 아침을 준비하면서도 책을 놓지 않는다. 틈틈이 걷고 운동을 하며 땀 흘리는 시간을 갖는다. 잠들기 전에는 하루를 돌아보며 감사 일기를 쓴다. 이렇게 하루 루틴이 끝난다.

주어진 순간을 적극적으로 산다. 별 탈 없이 지나가는 하루에 진심으로 감사한 마음을 갖는다. 한없이 우울하고 초라해 보였던 내 삶이 반짝반짝 빛이 난다.

*

책을 읽으며 좋은 것들을 하나하나 삶으로 가져왔다. 그렇게 쌓이기 시작한 좋은 습관들이 하루의 루틴을 이루었다. 작고 평범한 나의 일상에 물을 뿌리고 거름을 주며 정성껏 가꾸게 되었다.

루틴 있는 삶 속에 들어서자 내 삶이 명료해지고 함께하는 사람들도 선명하게 보이기 시작했다. 나의 아픔만 보였는데 다른 사람들의 아픔도 보였다. 상처받기 싫어서 꽁꽁 닫아 두었던 마음의 빗장이 풀렸다. 다시는 마음을 열지 못하리라 생각했던 시어머니에게 눈물의 손편지를 쓰고 존경과 사랑을 전할 수 있게 되었다.

하루하루 감사하는 마음으로 살아가는 중이다. 모든 순간을 온전히 누릴 수 있음에 가슴이 벅차다. 살아 있음에 행복함을 느끼며 불쑥불쑥 눈시울이 뜨거워진다.

책 읽고 하루 루틴 지키며 살라는 거야?

안다. 이런 이야기가 얼마나 고루하게 여겨질지. 하지만 이것이야말로 성공한 사람들의 처음이자 마지막이다. 평범함 속에 위대함이 깃들어 있다. 독서와 루틴의 힘은 강하다. 그리고 세상에서 가장 강한 것은 사랑이다. 책으로 하나뿐인 내 인생과 다시 사랑에 빠질 수 있다.

나는 이런 사람이 되고 싶다. 따뜻하고 편안하여 특별히 무언가를 하지 않아도 곁에 있는 것만으로 충분한 사람 말이다.

이 책도 그랬으면 좋겠다.
어느 날 문득, 책장을 휘~ 둘러보는데 '아, 이 책이 있었지.' 하고 몇 장을 뒤적이다 소란했던 마음이 고요해지는. 독서를 말하지만, 인생을 말하는 그런 책이길 바란다.

목 차

프롤로그: 모든 것은 책으로부터 시작되었다 4

하루 이틀 독서 시간이 늘어가고

제1장

하나의 문장에서 시작된 기적 16

책 읽는다고 인생이 달라지나요? 23

읽기만 하는 바보가 되긴 싫어 30

당신은 지구별에 왜 왔나요? 38

지금부터 하는 독서가 진짜다 49

1일 1독, 나에게로 향하는 여행 57

하나둘 함께하는 이들이 생기면서

제2장

엄마라는 이름의 무게 66
책을 덮고 나서부터가 진짜다 74
자기만의 방을 가지세요 83
책과 쌓은 추억을 공유하세요 91
책이 맺어 준 선물 같은 인연 99
소중한 가족과 함께 읽기 107

책에 대한 이런저런 궁금증을 나누니

제3장

책은 손닿는 곳에 두어야 한다 122
어떤 책을 읽어야 하나요? 129
내 마음에 그림책이 들어온 날 137
꼬리에 꼬리를 무는 독서 145
책을 공짜로 읽는 방법 151
당신의 인생책은 무엇인가요? 160

나만의 슬기로운 독서법이 생겼다

제4장

책 읽을 시간이 있으세요? 168

책을 읽는 방법이 너무 많아요 175

기억에 오래 남는 독서 전략 189

스마트한 독서 도우미들 196

독서에도 보상이 필요하다 202

독서 슬럼프에서 벗어나기 208

1일 1독 1년의 기적, 루틴 있는 삶

제5장

아주 작은 반복의 힘 218

그들은 왜 이불을 개는가? 225

쾌변을 부르는 모닝 페이지 232

꿈을 실현시키는 기록의 힘 238

걸으며 지금 여기에 도착한다 248

쓰기만 해도 행복해지는 감사 일기 256

에필로그: 우리는 모두 자기 인생의 주인공이다! 265

제1장

하루 이틀
독서 시간이 늘어가고

하나의 문장에서 시작된 기적

66

우리 모두는 익숙해진 생활에서 쫓겨나면 절망합니다.
하지만 거기에서부터 새롭고 좋은 일이 시작되는 것입니다.
생명이 있는 동안 행복은 있습니다.

레프 톨스토이

99

엄마가 된 후 나의 삶은 멈추어 버렸다. 육아와 집안일이 전부인 일상. 눈을 비비며 겨우 식탁에 앉은 첫째 아들의 입에 한 숟가락이라도 더 넣으려 애를 썼다. 삐죽 올라선 둘째 아들의 머리에 물을 묻히고 삐져나온 속옷을 가다듬었다. 양손 가득 두 아이의 무게를 느끼며 아침 공기를 갈랐다. 아이들을 어린이집에 맡기고 헐레벌떡 출근한 직장에서는 겨우 주어진 일만 할 뿐이었다. 분명 눈코 뜰 새 없이 바빴지만, 열정이라는 단어와는 결코 어울리지 않는 지루한 날들의 연속. 쳇바퀴 도는 일상 속에 그나마 아이들이 잘 자라 주는 것을 위안으로 삼았다.

그즈음 남편은 못다 이룬 꿈과 목표를 향해 새로운 공부를 시작했다. 블로그에서 시작한 친구의 쇼핑몰은 대기업과 콜라보를 할 정도로 커져 여성 CEO로 거듭났다. 또 다른 친구는 작은 공부방을 키워 상가에 큰 학원을 차렸다. 내가 두 아이를 키우는 사이 세상은 빠르게 변하고 주위의 많은 이가 제 길을 찾아 성큼성큼 나아갔다. 오직 나만이 제자리걸음이었다.

"여기서는 같은 곳에 있으려면 쉬지 않고 힘껏 달려야 해. 어딘가 다른 데로 가고 싶으면 적어도 그보다 두 곱은 빨리 달려야 하고."

영화 〈이상한 나라의 앨리스〉에 나오는 붉은 여왕이 한 말이다. 나는 힘껏 달리지 않았으니 제자리조차 지키지 못한 걸까? 멈춰 있는 게 아니라 뒤처지고 있었다는 생각이 들자 덜컥 겁이 났다. 가지 않았던 길에 대한 후회, 다른 삶들에 대한 동경으로 내 앞의 생이 초라하고 보잘것없이 느껴졌다. 영영 그들을 따라잡을 수 없을 것만 같아 불안하고 초조했다.

척추뼈와 치아 등 내 몸의 모든 단단한 부분들이 으스러지고 부러지는 꿈을 꾸었던 어느 날 아침, 허리가 끔찍할 정도로 아팠다. 눈에서 눈물이 쉴 새 없이 흐르고 끙끙 앓는 소리가 절로 났다. 꿈이 아니었다. 갑작스럽게 긴 병가가 이어졌다.

그즈음 카프카의 《변신》[1]을 읽었다. 허리가 아파 침대에 누워 지내는 내가 못 견디게 한심하던 참이었다.

"어느 날 아침 그레고르 잠자가 불안한 꿈에서 깨어났을 때 그는 침대 속에서 한 마리의 흉측한 갑충으로 변해 있는 자신의 모습을 발견했다."[i]

책 속의 주인공 그레고르 잠자와 내가 하나로 겹쳐 보였다. 그는 회사와 일밖에 모르던 성실한 사람이다. 사업에 실패한 아버지를 대신해 가족의 생계를 책임져야 했을 뿐만 아니라 엄청난 빚까지 짊어지고 있었다. 사랑하는 가족들을 위해 5년간 아플 틈도 없이 묵묵히 일해 왔다. 그런 그가 하루아침에 벌레로 변하다니!

---

i) 《변신》, 프란츠 카프카 지음, 인디북, 13쪽

'왜 이런 일이 생긴 걸까? 어쩌다 우리는 침대에서 일어날 수 없는 신세가 된 거지?' 그와 나 사이에 닮은 점이 있다면 '나'가 흐려진 삶을 살았다는 것이다. 그런 상실감에 빠진 사람은 반드시 병들게 마련이니까. 한 가지 다른 점이 있다면 그레고르의 가족은 그를 철저히 외면했지만 나는 그렇지 않았다. 온 식구가 나를 대신해 육아와 집안일을 거들었다. 하지만 그땐 몰랐다. 가족에 대한 고마움보다 자기 관리를 제대로 하지 못했다는 패배감과 비참함이 컸다.

이렇게 여기저기 민폐를 끼치며 사느니 그냥 콱 죽는 게 낫겠다는 생각마저 들었다. 그때 유명 연예인의 비보를 접했다. 정신이 번쩍 들었다. "엄마 허리 아프지 마세요. 사랑해요." 7살 아들이 꼬부랑 글씨와 하트를 가득 그려 넣은 편지를 건네주었다. 나쁜 마음을 먹었던 게 미안해서 울고 또 울었다. 울다가 지쳐 잠들기를 몇 번이고 반복했다. 그렇게 '바닥'을 치고 나자 내 인생이 무언가 단단히 잘못되었음을 깨달았다.

'더 이상 이렇게 살아서는 안 돼! 변해야 해. 지금 당장.'

선택의 순간, 다시 독수리처럼

제일 먼저 손에 든 것은 책이었다. 처음에는 허리 관련 건강 도서로 시작했다. 허리가 낫고 싶어서 책을 읽기 시작했는데, 어느 순간 어떻게 살아야 하는지를 배워 가는 시간이 되었다. 특히 독수리에 관한 이야기를 읽고 내 인생을 바라보는 시각이 완전히 달라졌다.

독수리는 태어나 40년을 살고 나면 중대한 갈림길에 선다. 앞으로 30년을 더 살기 위해서는 새로운 부리, 발톱, 날개가 필요하다. 기존의 부리는 없애야 한다. 부리가 송두리째 빠질 때까지 바위에 수없이 쪼아 대고 아무것도 먹지 못한다. 다음은 발톱이다. 새로 돋은 부리로 노화된 발톱을 전부 뽑아낸다. 여기서 끝이 아니다. 새로 난 부리와 발톱으로 헌 깃털을 모두 뽑고 몇 달간 새 깃털이 나길 기다린다. 눈물겹도록 처절하고 고통스러운 시간의 터널을 지나야 한다.

나도 곧 마흔을 코앞에 두고 있다. 이대로 주저앉아 신세 한탄만 할 것인가, 새로운 삶으로 비상할 것인가. 선택은 온전히 나에게 달려 있다. 마음 한구석에 제멋대로 굴러다니는 감정 덩어리와 좋지 못한 생활 습관이 점점 불어나 내 삶을 뒤흔들고 있다. 계속 이렇게 살고 싶지 않다. 뭐라도 해야 한다. 다시 삶으로 떠오르기 위해 독수리처럼 처절한 시간을 보내겠노라. 혼자만의 고독한 시간을 기꺼이 받아들이겠노라. 거듭 다짐했다.

책 속의 문장들이 살아 나와 아픈 나를 다독이자, 더는 나를 몰아붙이지 않고 있는 그대로의 나 자신을 받아들일 수 있었다.

'사람은 누구나 아플 수 있다. 이 시련이 나를 더 키울 것이다. 괜찮다.'

온통 밖으로만 향해 있던 시선이 안으로 깊숙이 파고 들어왔다. 그동안 충분히 잘해 왔다고 다정한 위로를 건넸다. 나의 삶을 긍정하기 시작하자, 모든 미움과 원망, 불안과 초조함이 눈 녹듯 사라졌다. 그들도 옳고, 나도 옳다. 우리 모두 각자의 인생을 제 속도대로 살아간다.

책은 계속해서 내 손을 잡아주며 말을 걸어왔다. 세파에 흔들리지 않고 굳건히 살아가라고. 중년의 삶도 계속해서 성장해야 하고 성장할 수 있다고. 그렇게 '책 속의 한 문장'을 찾는 여정이 시작되었다. 오늘은 또 어떤 문장이 나에게 힘을 줄까? 매일매일 기대감으로 하루를 시작한다.

'나, 이대로 괜찮은 걸까?'

조용히 자기 자신에게 물어보고 마음의 소리에 귀 기울여 보자. 죽을 것처럼 힘들다는 대답이 돌아오는가? 내가 괜찮은 건지 그렇지 않은지조차 모르겠는가? 이대로도 충분하다면 그렇게 살아도 좋다. 하지만 조금이라도 바뀌고 싶거나 더 나은 삶을 살고 싶다면, 나의 변화를 지켜보시라. 앞으로의 글들이 분명 도움을 줄 것이다. 당신이 새로운 인생으로 도약할 수 있도록 곁에 있겠다.

책 읽는다고 인생이 달라지나요?

❝

생각하면 얻고
생각하지 않으면 얻지 못하게 된다.

맹자

❞

몸과 마음이 너무 아팠다. 불안함과 초조함을 떨치기 위해 책을 읽기 시작했다. 하루를 살아 내기 위해 지푸라기라도 잡는 심정으로. 책을 읽으며 위안을 받았고, 한 줄기 희망이 스쳤다. 계속 책을 읽으면 찬란한 인생이 펼쳐질 것만 같았다. 읽은 책들이 자꾸만 쌓여서 책장을 더 들여야 할 정도로 책이 불어났다. 하루에 1권, 많게는 3~4권까지 읽어 내려갔다. 예전에는 시간을 때우는 킬링 타임 독서에 가까웠다. 그러나 다시 시작한 독서는 살기 위해 온 마음을 바쳐 변화를 이루고 싶은 성장 독서였다. 더 나아가 내면을 들여다보고 상처를 보듬는 치유의 독서이기도 했다.

"우리는 우리 자신을 보살펴 주는 이야기, 복잡한 경험의 미로를 자신 있게 걸어가게 해 주는 이야기, 대안적 인생을 꿈꾸게 해 주는 이야기를 읽음으로써 인생에서 부딪치는 문제에 대한 대응 능력을 회복한다. 우리는 한결 새롭고 활기찬 기분, 또 자신만의 결말을 꾸릴 수 있다는 에너지를 느끼며 책을 내려놓게 된다. 우리는 남들의 정돈된 경험을 살펴봄으로써 우리가 빠진 갈등의 구렁텅이에서 벗어날 수 있다. 그리하여 우리는 우리의 세계를 한층 넓힐 수 있다. 문학은 심리적, 정신적 건강의 수단이다."[ii]

조셉 골드의 《비블리오테라피》[2]라는 책에 나온 구절이다. '비블리오'는 그리스어로 '책'이며, '비블리오테라피'는 '독서 치료'를 뜻한다. 독서를 통해 일상을 잠시 멈추고, 새로운 공간으로 떠날 수 있다. 속 시끄러운 일상과 소모적인 감정에서 벗어나는 것, 그 자체로 독서는 치유의 기능을 가진다. 그러나 책을 읽는

---

ii) 《비블리오테라피》, 조셉 골드 지음, 북키앙, 20쪽

것이 마냥 일상으로부터의 도피는 아니다. 독서 후 다시 찾은 일상은 전보다 더 명쾌하게 다가오기 때문이다. 해소된 감정으로 눈앞의 시간을 더 잘 살아 내기 위해 노력한다.

헤르만 헤세[3)]가 "우리는 자신의 일상을 잊고자 책을 읽어서는 안 된다. 그 반대로 더 의식적으로, 더 성숙하게 우리의 삶을 단단히 부여잡기 위해 책을 읽어야 한다."[iii)]라고 말한 것 또한 같은 맥락이다. 독서는 일상을 회피하고 도망치는 행위가 아니라 '재충전'을 통해 삶으로 기꺼이 돌아가기 위함이며, 한층 더 성장하기 위해서다.

책을 읽으며 잠시 멈추어 서는 동안, 느리게 따라오던 지친 영혼을 만나 도닥이기도 한다. 나는 늘 알 수 없는 불안에 시달렸으나 매일 책을 읽으며 그것의 정체와 마주하게 되었다. 기억에서 지워버렸던 21살의 나를 만난 것이다.

책의 가치는 당신에게 달려 있다

우리 집은 먹고 살만한 평범한 가정이었다. 그런데 내가 대학

---

iii) 《헤르만 헤세의 독서의 기술》, 헤르만 헤세 지음, 뜨인돌, 11쪽

교 2학년 때, 엄마와 아빠가 몇 달 간격으로 거의 동시에 암 환자가 되셨다. 아빠는 급성 백혈병으로 10개월의 투병 끝에 결국 돌아가셨고, 집에 소득을 창출할 수 있는 사람이라고는 단 1명도 없었다. 대학생 2명과 난소암 항암 치료를 막 끝낸 엄마. 그때 어떻게 살았는지 모르겠다. 지금 생각 해봐도 정말 아찔하다. 언제고 또 무슨 일이 생길지 모를 일이다. 이것이 바로 내 불안의 근원이었다. '더 많이', '더 빨리', '더 크게'의 욕심이 여기서부터 시작하였고, 늘 휘몰아치는 나날 속에 나를 가두고 힘들어했다.

책을 읽을수록 마음이 고요해지는 것을 넘어 완전히 새로워진 인생을 살고 싶다는 강력한 마음이 들끓었다. 아무리 많이 가져도 채워지지 않는 물질적인 기준에서 벗어나 하루를 살아도 생기가 넘치고, 주어진 내 앞의 생에 감사하며 살고 싶어진 것이다. 어떤 시련이 닥치더라도 휘둘리지 않고 '오롯한 나의 삶'을 살고 싶었다.

이런 생각들이 나를 더욱 절실하게 만들었다. 완벽하게 달라진 내 모습을 꿈꾸며 집안 곳곳에 책에서 만난 좋은 글귀들을 써 붙이기 시작했다. 앞으로 어떻게 살고 싶은지 목표를 정하고,

그것을 이미지로 생생하게 떠올리기 위해 사진을 찾아 붙였다. 지금까지와는 다른 인생을 살고 싶다는 간절함에서 온 '성장 독서'는 한층 치열해졌다.

그동안의 독서는 저자에게 공감하고 감탄하는 정도였다. 그 결과 내 삶은 아무런 변화가 없었다. 내 것으로 온전히 소화하기 위해 뜯고 씹고 맛보며 음미한 후, 직접 행동으로 옮겨야 한다. 저자의 것이 아니라 나만의 생각과 신념들이 무수히 쌓여야 내 인생이 바뀐다. 책을 읽었다는 만족감과 완독의 기쁨에서 그치지 않았다. 기억하고 싶은 문장과 문구를 옮겨 쓰고, 내 생각을 덧붙이며 독서 기록을 남겼다. 읽었던 책도 지나치지 않고 또 읽기를 반복했다. 처음 읽었을 때는 그냥 지나쳤던 부분들이 다시 읽을 때 새롭게 눈에 들어왔다. 필사와 재독을 시작하자 어느새 반복되는 내용이 머리에 각인되기 시작했다. 그리고 나도 모르게 새로운 생각들이 떠오르고, 그것을 실천하기에 이르렀다.

평소 소설, 자기계발서, 인문, 사회과학, 예술 등 다양한 분야의 책을 두루 읽는 편이다. 간혹 소설책을 읽고 있노라면 어떤 사람은 소설책을 읽는 게 시간 낭비라고 말한다. TV 드라마를 보는 것과 다를 게 뭐냐는 거다. 그런 물음들에 딱히 반박할 말을 찾지 못했고, "독해력과 상상력이 길러지겠지."라며 얼버무렸을 뿐이다.

그때 톰 피터스를 알았더라면! 그는 피터 드러커와 함께 현대 경영의 창시자로 불리는 경영 구루(Guru) 중의 구루다. 현대 경영의 창시자라고 하니 경영학 책만 봤을 것으로 생각했는데, 뜻밖에도 그가 즐겨보는 주 장르는 소설이라고 했다. "대부분의 경영학 서적들은 답을 제시한다. 하지만 대부분의 소설은 위대한 질문을 던진다."라며 소설을 읽는 이유를 밝혔다. 설명하기 어려운 사회의 이면과 인간관계들을 소설을 읽으며 배운다는 것이다. 그에게 소설은 그 어떤 경영 서적보다 가치 있는 책이었다.

이 사례를 접하고 책의 가치에 대해 생각해 보았다. 세상에 쓸모없는 책이 있는 게 아니라, 책의 가치를 찾아내지 못하는 사람만이 있는 것 아닐까? 요즘 초등학생들 사이에 각종 학습 만화가 인기다. 아무리 학습 효과가 좋다 할지라도 학교에서는 읽지 못하게 했다. 그런데 앞으로는 그 태도가 조금 달라질 것 같다. 책을 읽으며 배우는 것이 있다면 어떤 책이든 괜찮겠다는 생각이 든다.

종종 "이 책은 쓰레기야!"라고 무자비하게 말하는 사람이 있다. 솔직히 책을 읽다가 '이 정도 책은 나도 쓰겠다.'라고 느낀 적은 있다. 그러나 그 책이 무가치하다고 생각한 적은 없다. SNS에 글 하나 올릴 때도 몇 번을 읽고 고치는지 모른다. 한 권의 책 속에 단 하나라도 마음속 깊이 파고드는 문장을 만났다면 그걸로 충분하다. 그 문장이 확장되어 또 다른 생각과 행동으로 이어진다면 어찌 그 책을 쓰레기라 폄하할 수 있겠는가? 책뿐만이 아니다. 매사 어떤 일이나 사람과 마주할 때조차 하나라도 배우겠다는 마음을 먹는다면 그렇게 되고야 만다.

책을 읽으면 정말 인생이 달라지느냐고? 내 대답은 Yes다. 그리고 그것은 전적으로 당신에게 달려 있다.

읽기만 하는 바보가 되긴 싫어

허리 때문에 걷기 시작했던 것이 책을 읽고 나자 '사색 걷기'로 이어졌다. 걸으면서 읽었던 책을 곱씹다 보면 새로운 생각들이 떠오른다. 동네 엄마들과의 독서 모임이 전부였는데 책을 처음 읽는 사람들, 지속적인 책 읽기를 하고 싶은 사람들을 돕고 싶다는 마음이 생기기 시작했다.

자주 가는 카페에서 온라인 독서 모임 멤버를 모집했고, 몇

분 만에 목표했던 인원이 채워졌다. 그만큼 책을 읽고자 하는 열망이 모두에게 크다는 걸 알 수 있었다. 밴드에서 진행 중인 독서 모임의 많은 분이 시간을 쪼개어 책을 읽고 서로의 통찰을 나누며 함께 성장하는 삶을 이어 가고 있다. 더 나아가 인스타그램에서 '함성 독서'라는 이름으로 매일 독서 습관 기르기 챌린지도 진행 중이다.

책을 읽는 이유는 모두 다르지만 결국 독서를 통해 이해의 폭을 넓히게 되는 것만은 확실하다. 지식의 확장뿐만 아니라 더욱 넓어진 마음들로 품을 수 있는 것들이 많아진다. 마음에 여유가 생기는 것이다. 그렇게 본인을 위해 읽기 시작했던 독서는 어느새 남을 살리는 독서로 확장되어 간다.

독서의 끝에 어떤 기적이 일어날까? 나는 기적을 '마지막'에서 발견하는 것이 아니라 '과정'에서 찾고 싶다. 매일 책을 읽고 겪는 일들, 그것이 부정적이든 긍정적이든 상관없이, 그 모든 일이 나의 삶을 되돌아보게 하고 반성하며 또 한 걸음 나아갈 수 있게 돕는다. 예전처럼 인생이 불안하고 초조하지 않다. 감사한 마음과 설레는 마음으로 아침에 눈을 뜬다. 이것이 기적이 아니면 무엇일까?

이대로 가다가는 죽을 것만 같아서 책을 읽기로 했다. 그 누구보다 절실하게 읽었다. 생존이 걸린 문제인데 어떻게 대충 읽을 수 있겠는가. 온 힘을 기울여 내가 살아야 할 이유를 찾기 위해 작은 위로라도 얻기 위해 눈을 부릅떴다. 그래서인지 1일 1독 초반에 읽은 책들은 어마 무시한 밑줄과 별표, 메모의 흔적이 남아 있다. 그 누구에게 보여 주기 민망할 정도다.

"아무 생각 없이 산만한 정신으로 책을 읽는 건 눈을 감은 채 아름다운 풍경 속을 걷는 것과 다를 바 없다."라는 헤르만 헤세의 말처럼 책을 읽을 때 조금 더 적극적일 필요가 있다. 열린 마음을 가지고 더 의식적으로 책을 읽어 나간다면 분명 깨달음을 얻게 될 것이다.

굳은 의지를 품고 더 풍요로운 삶을 살기 위해 독서를 하자. 교양을 쌓고 싶어서, 업무의 효율성을 높이기 위해서, 마음의 평안을 얻기 위해서. 어떤 이유라도 좋다. 당신은 책을 통해 무엇을 얻고자 하는가? 책만 읽는 바보가 될 것인가, 삶을 일깨우는 책 읽기를 할 것인가? 어떤 이는 독서 그 자체가 목적이 되어야 한다고 말한다. 그 말도 옳다. 하지만 독서를 하는 개인적인 목적의식은 분명히 있어야 한다. 변화를 바라고 읽어야 두꺼운 벽돌 책이 아닌 단 한 문장만으로도 통찰을 얻게 된다.

책, 대체 왜 읽으세요?

"그릿제이 님, 책 많이 읽으면 머리 아프지 않으세요? 왜 그렇게 열심히 읽으시나요?"

실제로 어떤 분이 보내온 쪽지 일부다. 왜 읽는가? 이 질문 덕분에 '내가 왜 하루에 한 권의 책을 읽기 시작했는지, 계속해서 읽는 이유가 무엇인지' 그동안의 시간을 되돌아보게 되었다.

매일 읽은 책이 쌓이는 걸 보면 그 높이만큼이나 나의 지식과 교양이 덩달아 높아지는 것 같은 지적 만족감이 생긴다. 지적 허영심이라 놀려도 어쩔 수 없다. 확실히 아는 만큼 보인다는 말이 맞다. 그만큼 대화 내용도 풍성해진다. 일본 최고의 전략 컨설턴트 야마구치 슈[4] 또한 본인의 일에서 실력을 발휘하고 자신다운 성과를 만들어 내기 위해 독서가 꼭 필요하다고 말한다. 지식을 쌓고 성과를 창출하기 위해 독서는 굉장히 중요한 역할을 한다.

그러나 내가 책을 읽는 궁극적인 이유는 살아 숨 쉬는 '나'를 만나기 위해서다. 한마디로 살기 위해 읽은 것이다. 물을 마시고 밥을 먹듯이 책을 읽는 것도 내게는 본능에 가까운 것이었다. 맛있는 것을 먹을 때 기분이 좋듯이 책을 읽으면 즐겁다. 특히 1권의 책을 모두 읽어 내려갔을 때 느끼는 완독의 즐거움, 울림이 큰 한 문장을 만났을 때의 떨림은 그 어떤 재미와도 비교가 되지 않는다. 책을 읽으면 어느 순간 세상의 시름이나 신체의 고통 따위를 잊게 된다.

물론 쇼핑을 하고 맛집을 찾아 나서는 재미도 있다. 여행의 즐거움은 말해 무엇 하리오. 하지만 어린 두 아들 독박 육아에 코로나 시국인지라 많은 제약이 따랐다. 육아 휴직이라고 사정이 나아지진 않았다. 오전 9시에 두 아이를 보내고 돌아서서 밀린 집안일이라도 할라치면 순식간에 아이들이 돌아올 시간이 되어 있었다.

1학년인 첫째 하교 시간에 맞추려면 점심도 먹지 못하고 뛰어나가기가 다반사였다. 그럴 때 책은 내게 가장 간편한 놀잇감이 되어주었다. 도서관에서 빌리면 돈도 들지 않는다. 아이들에게 그림책만 읽어 주다가 내가 읽고 싶은 책을 읽고, 공감 가는 내용을 발견했을 때의 희열이란! 두 아들과 맥락 없는 이야기를 나누다가 어른 사람과 수다를 떠는 기분이랄까?

"독서는 제게 유흥이고 휴식이고 위로고 내 작은 자살이에요. 세상이 못 견디겠으면 책을 들고 쪼그려 눕죠. 그건 내가 모든 걸 잊고 떠날 수 있게 해 주는 작은 우주선이에요."[iv]

미국의 작가 수전 손택[5]이 한 말에 무릎을 쳤다. 아이들이 뿌시락거리며 놀고 있을 때 옆에 쪼그리고 앉아 책을 펴고 미지의 세상으로 향한다. 두 아들과의 반복되는 일상 속에 경험하지 못하는 것들에 대리만족을 느끼고 몰랐던 것을 알게 되는 배움을 얻는다. 공감 가는 글귀를 곱씹으며 눈물을 흘리기도 하고 자주 미소 짓는다.

《정신과 의사의 서재》[6]를 쓴 하지원 작가는 마음의 코어를 단단히 만들고자 책을 읽는다고 한다.

"독서를 통해 코어가 강화되는 경험은 결국 책을 통해 내가 깊어지고 넓어지는 과정이다. 전에는 이해하지 못하던 것을

---

iv) 《수전 손택의 말》, 수전 손택 지음, 마음산책, 66쪽

이해할 수 있게 되고, 지식을 통해 이치를 깨달으면서 세상에 대한 인식이 깊어진다. 타인의 관점을 열린 마음으로 받아들이고 내 관점의 편협함이 깨진다. '뭐 저런 인간이 다 있지?' '저 사람 이해가 안 가' 같은 무심한 말들, '세상에 어떻게 저런 일이 벌어지지? 화나고, 무서워'라는 납작한 표현들을 덜 하게 된다. 이 세상이 그렇게 평면적이고 얕은 곳이 아니라는 것을 책이라는 간접 경험을 통해 체험하게 되기 때문이다."[v]

납작한 표현이라는 말이 참 인상적이었다. 우리가 사는 세상은 전래 동화에 나오는 인물들처럼 착한 사람은 복을 받고 나쁜 사람은 벌을 받는 평면적인 곳이 아니다. 그럼에도 우리는 자기 삶을 기준으로 너무도 쉽게 타인을 저울질한다. 그런데 책을 읽으면 얽히고설킨 감정들과 다양한 군상들을 만나게 되고 현실 세계에서도 있음직한 그들을 이해하게 된다.

책을 읽는 이유가 어디 이뿐이랴. 무수히 많은 이유가 있을 것이고, 그것 때문에 오늘도 책을 부여잡게 될 것이다. 물론 시간을 때우는 취미 독서라면 재미만 있으면 그만이다. 무슨 이유가 더 필요하겠는가? 그러나 삶의 변화를 꾀하는 독서라면 분명

---

v) 《정신과 의사의 서재》, 하지원 지음, 인플루엔셜, 10쪽

한 목적이 필요하다. 어떤 분야의 전문가가 되겠다면 관련 주제의 책을 최소 50권 이상은 읽어야 한다. 나는 독서법 관련 책만 100권 넘게 읽었고, 글을 쓰기 시작하면서 글쓰기와 책 쓰기 관련 책도 50권 가량 읽었다. 덕분에 이렇게 원고를 쓰고 있는 게 아닌가 싶다.

자신의 미래는 본인 스스로 만들어 나가야 한다. 내가 하고 싶은 일과 이루고 싶은 것을 간절히 꿈꾸고 생생히 떠올리자. 그리고 그 꿈이 이루어진다는 믿음을 가지고 책을 읽는다면, 예전과 확연히 다른 것이 보이기 시작할 것이다. 다음 글에서 본인이 좇고자 하는 삶의 가치를 세우고 소박한 것이라도 좋으니 꿈을 가져 보기 바란다.

당신은 지구별에 왜 왔나요?

> 66
>
> 아침에 당신을 벌떡 깨울 수 있는
> 꿈을 가져야 한다.
>
> 빌리 와일더
>
> 99

"여러분은 꿈이 있나요?"
"여러분의 꿈은 무엇인가요?"

교사가 되고서 1년에 한 번은 꼭 물어보게 되는 질문이다. 아이들은 우렁차고 당당한 목소리로 자신의 꿈을 말한다. 무엇을 말하든 거침이 없다. 그 당당함이 무척 귀엽고 무한한 가능성이 부러웠다. 물론 모든 아이가 그랬던 것은 아니다. 꿈이 없다며 시무룩해 있거나 꿈 따위 무슨 상관이냐는 듯 무심한 표정의 아이들도 있었다.

예전엔 의사, 판사, 교사가 많았다면 요즘엔 유튜버가 압도적이다. 백이면 백 특정 직업을 자신의 꿈이라고 말한다. 예전의 나를 보는 것 같아 안타까운 마음이 들어 '진짜 꿈'에 대해 이야기를 나누었다. 막연한 동경이나 부모의 권유가 아니라 자신의 선택에 의해 어떤 시련 속에서도 끝내 이루고 싶은 무엇! 최고를 꿈꾸지만 그렇게 되지 못한다 해도 끝까지 하고 싶은 그 무엇! 아직 꿈을 찾지 못했다면 일상의 작은 경험들을 통해 자신이 좋아하는 것을 먼저 찾아보자는 말도 덧붙였다. 아이들은 그 어느 때보다 진지했다.

오늘은 '꿈'에 대한 이야기를 해 보려고 한다. 어른이에게도 꿈은 필요하니까!

내 어릴 적 꿈은 교사였다. 나는 꿈을 이루었다. 어라? 그런데 인생이 계속된다. 어떡하지? 명사형 꿈의 한계와 맞닥뜨린 것이다. 인생은 끝나지 않았는데 내 꿈은 멈춰 버렸다. 더 이상 꿈꾸지 않았으니 꿈의 생명이 다해 버린 것이다. 그렇게 내 인생에서 꿈이라는 단어는 죽어 버렸다. 그때부터였다. 나는 인생을 '게임'처럼 살기 시작했다.

남들 다 가는 대학원 나도 가 볼까?

석사 졸업.

결혼도 해야겠지?

축 결혼.

아기 태어나기 전에 한국사 능력 검정시험 한번 볼까?

1급 자격증 획득.

이제 아이를 낳자.

득남.

1명은 더 낳아야 한다네.

또 득남.

그냥 때마다 주어진 퀘스트를 수행하듯 큰 사명감 없이 살았다. 꿈은 이미 이루었고, 그냥 이렇게 살아도 좋다고 생각했다. 그런데 이제 와 내 삶이 초라하고 점점 더 무기력해짐을 느끼는 것이다. 다시 내게 꿈이 필요하다. 도장 깨기 같은 작은 목표에 의존하는 삶이 아니라.

직업으로서의 꿈이 아니라, 삶의 가치와 소명 의식을 품은 꿈이라야 그 삶이 지속될 수 있다. 단순한 호기심, 기대, 소망으로 이루어진 꿈은 금방 사그라들고 만다. 내가 진정으로 사랑하는 꿈을 꿔야 어떤 시련이 닥쳐와도 그 꿈에 몰입해서 끝까지 갈 수 있다.

진정한 꿈을 찾기 위해 어떻게 해야 할까? 남이 정해 주거나 유행처럼 따라가는 것이 아니라, 내 속에 이미 들어 있는 꿈을 찾아내야 한다. 우리가 이 세상에 태어나 하기로 되어 있는 '소명' 말이다.

포 브론스의 《천직 여행》[7]에 이런 내용이 나온다.

"소명은 시행착오를 통해 성장하는 가운데 배우는 것이다. 그저 재미있기만 한 일을 찾아서는 안 된다. 일은 인생과 마찬가지로 때로는 재미있고, 감동을 주고, 의미 있는 사건이 담겨 있어야 한다. 두려움을 피하지 말고 정면으로 맞서라. 자신에게 맞는 일을 찾아라. 자유는 당신이 열정을 가진 일을 하면서 살 수 있다는 확신이다."[vi]

---

vi) 《천직 여행》, 포 브론스 지음, 물푸레, 444쪽

'내가 이 지구별에 왜 왔을까?' 무엇을 위해 지구별에 오게 된 것인지 끊임없이 묻고 답하며 자기 속에 있는 진정한 열망을 발견해야 한다. 하루하루 정성껏 살아가며 가슴 깊은 곳에서 끄집어낸 꿈과 하고자 하는 일이 포개어지는 순간을 찾자. 온전한 자신만의 꿈, 소명이 바로 섰을 때 삶이 변한다.

나는 왜 '교사'라는 직업을 꿈꾸었는지 되돌아보았다. 태어나 10년을 외갓집 2층에 살았다. 그때 선생님이셨던 외할아버지의 영향을 가장 많이 받았다. 외할아버지는 늘 손에서 책을 놓지 않으셨고, 재미있는 이야기를 많이 들려주셨다. 그런 외할아버지가 참 좋았다. 제자였던 언니, 오빠들이 졸업 후 외할아버지를 찾아뵈러 집으로 왔다. 외할아버지는 나에게만큼이나 학생들에게도 오래도록 기억에 남는 분이셨나 보다. 함께 과자를 나누어 먹고 화기애애했던 기억이 아직도 선명하다. 나도 그렇게 누군가에게 좋은 영향을 주는 사람이 되고 싶었다. '참 잘했어요' 도장을 많이 찍어 주는 선생님이 되고 싶었다.

신규 교사로서 몇 년간 열정을 쏟았다. 사비를 털어 학급 문고를 채웠고, 고학년이어도 책을 읽어 주려고 노력했다. 대학원을 다니며 아이들이 학교 수업뿐 아니라 생활 전반에 주인 의식을 갖고 더 적극적으로 참여할 수 있도록 연구했다. 성과 여부를 떠나 그 자체로 보람 있고 의미 있는 나날이었다. 주말이면 박물관이나 미술관을 가거나 여기저기 다니며 학습 자료를 모으고 새로운 한 주를 기쁘게 시작했다.

그런데 결혼을 하고 임신을 하며 많이 예민해졌고 알 수 없이 자주 울적해졌다. 임신 초기 하혈로 안정을 취해야만 했고 집에만 박혀 지내는 날이 많았다. 그때 만난 1학년 아이들에겐 더 많은 이해와 사랑을 주지 못했다. 이후 기나긴 육아 터널을 거치며 내 아이마저도 사랑으로 감싸 안지 못하는 나를 발견했을 때 스스로에게 큰 실망감을 느꼈다. 그냥 꾸역꾸역 일감을 해치우듯 하루하루를 살았다. 모든 육아와 가사가 나에게만 짐 지워지는 상황 속에서 결혼을 후회하기도 했다.

삶의 가치 찾기

인생의 무게를 감당하지 못해 한없이 흔들리는 내가 싫었다. 내 삶이 더 단단해지길 바랐다. 1일 1독 6개월 차에 접어들자, 다행히도 예전처럼 부정적인 감정들에 휩싸여 휘청거리지 않게 되었다. 지난 1년을 되돌아보니 미친 듯이 1일 1독을 했던 것이 결국 '나'를 찾는 과정이었고 '꿈'을 좇는 시간이었다.

예전의 나라면 얼른 일하러 나가고 싶다고 육아 휴직은 지긋지긋하다며 징징거렸을 것이고, 복직해서는 전업맘들이 부럽다고 투덜거렸을 것이다. 그런데 요즘의 나는, 눈앞에 놓인 '지금'이 너무 소중하다. 하루하루 지나가는 시간이 아쉽다. 매일매일 더 감사하며 지내고 있다. 예전의 나와 정반대의 모습에 나도 놀라지만 남편도 놀라워했다. 시간을 쪼개 매일 책을 읽고 글을 쓰며 향기로운 문장들을 곁에 둔다. 동시에 끊임없이 어떻게 살 것인지를 고민한다.

삶을 단단하게 해 주는 독서와 글쓰기라는 무기가 생긴 것도 좋지만, 그 무엇보다 더 중요한 '삶의 가치'와 '꿈'을 다시 갖게 되어 기쁘다. 그 과정을 나누어 보겠다.

내 삶의 가치를 찾기 위해 알렉스 룽구가 쓴 《의미 있는 삶을 위하여》[8]의 '가치 리스트'를 참고하였다. 대충 몇 가지를 선택하는 것으로 끝내지 않고, 왜 내가 이런 가치를 추구하게 되었는지 '나'를 관찰하고 더 깊이 이해하는 시간을 가졌다. 그렇게 정해 본 나의 소중한 삶의 가치 리스트를 소개한다.

첫 번째는 '그릿'이다. 《그릿》[9]이라는 책을 감명 깊게 읽었다. 재능보다는 '열정'과 '끈기'가 중요하다는 내용인데 그것이 바로 '그릿'이다. 이제는 나뿐만 아니라 아이들과 주변 모든 사람을 바라볼 때 한계를 짓지 않는다. 무한한 가능성 속에서 끊임없이 노력한다면 지속적인 성장을 이룰 수 있다고 믿는다.

두 번째는 '공감과 소통'이다. 귀 기울여 듣고 진심 어린 마음을 주고받기를 원한다. 위대한 사람들 곁에는 무조건적인 지지와 응원을 아끼지 않는 마음의 조력자가 있다. 나도 누군가에게 그런 사람이기 되길 바라는 마음으로 항상 긍정적인 말과 미소로 회답하려 한다.

세 번째는 '긍정과 감사'이다. 이 두 가지만 있다면 어떤 시련이 닥쳐와도 이겨 낼 수 있다고 믿는다. 반대로 극심한 시련 속에서도 '긍정과 감사'의 씨앗을 발견할 수 있다면 어떤 일도 헤쳐 나갈 수 있다. 자기 전에 '감사 일기'를 쓰다 보면 주어진 하루가 새삼 기적 그 자체라는 생각이 든다.

네 번째는 '열린 마음'이다. 빠르게 변화하는 사회 속에서 편협한 사고와 고정관념은 성장을 가로막는 큰 장애물이다. 옛것을 배척하지 않는 한편 늘 새로움을 받아들일 수 있는 열린 마음을 유지한다. 사람도 사고도 높고 낮음 없이 받아들이면 그 모든 것들이 배움으로 가득함을 알게 된다.

마지막으로 '성찰'하는 삶이다. 나를 돌아보고 늘 새로이 깨우치는 삶은 성장의 가장 큰 원동력이 된다. 성찰을 위해 짧더라도 명상을 하거나 오롯한 자기만의 시간을 가진다. 그 시간은 나와 내 주변을 돌아보게 돕는다.

삶의 가치를 찾는 것은 곧 나를 존중하는 일이다. 매일의 일상을 무엇으로 채울지에 대한 기준을 갖게 해 준다. 어떤 말이나 행동을 할 때 삶의 가치를 떠올리면 함부로 하기 어렵다. 매일 내 삶의 가치를 되뇌자 죽은 줄 알았던 꿈이 살아났다. 그냥 '교사'가 아니라 '함께 배우고 성장하는 삶'을 위한 '라이프 코치'로서의 교사가 되고 싶다는 꿈이 생겼다.

내가 독서를 통해 변화했듯이 많은 사람들이 책을 읽고 삶의 변화를 경험할 수 있도록 돕고 싶다. 이미 독서 모임이나 지인 혹은 친구들에게 책 추천과 소개를 하고 있지만, 앞으로는 더 많은 사람을 대상으로 그 범위를 확장해 보겠다는 포부가 생겄다. 이제는 서로 배우고 도우며 함께 성장하는 매일을 설렘으로 맞이하리라.

매일 책을 읽고 서평을 쓰며 사색과 실천을 이어 나감으로써 삶이 더 풍요로워짐을 느낀다. 자기 전 하루를 돌아보며 감사 일기를 쓰고, 짧은 명상을 통해 내면을 들여다본다.

"용은 갑자기 나타나지 않는다. 일상을 돌아보며 노력했던 소소한 과정이 쌓인 끝에 태어나는 것이다."[vii]

《다산의 마지막 공부》[10]를 읽다가 이 문장에서 한참을 멈춰 있었다. 일상의 작고 평범한 것들을 지나치지 않고 정성을 다하는 사람이 진정한 영웅이다. 무수한 평범함이 쌓이고 쌓여야 탁월함으로 거듭난다. 당장 꿈을 찾는 것이 막연하다면, 먼저 눈앞에 주어진 일상을 정성껏 살아보자. 설거지 후 뒤집어 둔 그릇의 반짝임에서도 얼마든지 아름다움을 찾을 수 있다.

마음의 여유가 생기면 앞으로 어떻게 살고 싶은지 그 모습을 떠올려보자. 좋아하는 일과 싫어하는 일을 계속해서 가려내고

---

vii) 《다산의 마지막 공부》, 조윤재 지음, 청림출판, 62쪽

내가 밤새도록 즐겁게 몰입해서 하는 일을 찾아보는 것이다. 요즘 '리추얼'이라는 말이 유행이다. 특정 시간에 의식처럼 어떤 일을 하는 것을 말한다. 좋아하는 일을 위해 나만의 시간을 만들어 보자.

매일 해도 좋은 일이 있다는 것만으로 삶은 빛나기 시작한다. 다른 사람이 아닌 나 자신과 진한 데이트가 필요하다. 사실 모든 것은 이미 내 안에 있기 때문이다. 다만 발견하지 못했을 뿐. 우리는 모두 충분한 잠재력을 가지고 있으며 그것을 발견할 힘 또한 충분하다! 삶의 가치를 찾아 꿈을 발견하고 자기 앞의 생을 긍정하며 온전히 즐기길 바란다. 나는 여러분이 자기에게 꼭 맞는 삶을 살아갈 수 있다고 믿는다.

지금부터 하는 독서가 진짜다

삶을 사는 방법은 딱 두 가지다.
하나는 아무것도 기적이 아닌 것처럼 사는 것이다.
다른 하나는 모든 것이 기적인 것처럼 사는 것이다.

알베르트 아인슈타인

"나 왕년에 책 좀 읽었어."

아마도 그건 아이 수준의 오락성 독서일 가능성이 크다. 더 중요한 건 예전이 아니라 요즘도 책을 읽느냐 하는 것이다. 지금 읽고 있는 책은 우리 삶과 맞닿아 있다. 마음이 아팠던 사람이 우울증 관련 책을 읽다가 심리학 공부를 깊이 하게 되어 그 분야에 정통하기도 한다. 꼭 대학교나 대학원에서 배우고 익혀서 특정 자격증을 따야만 전문가가 되는 건 아니다.

피터 드러커는 3년 동안 한 분야를 정해 독서를 하고 공부를 하면 그 분야의 전문가가 된다고 말했다. 의지만 있다면 도처에 널린 수많은 콘텐츠로 충분히 원하는 것을 얻을 수 있다. 대학의 전공과 무관한 시대가 열린 것이다. 앞으로 AI라는 인공지능 로봇의 활약으로 우리가 소위 전문직이라 말하는 것의 위상이 온전할 것인가에 대한 우려가 크다. 어쩌면 지식과 기술은 로봇에게 자리를 넘겨줄지도 모르겠다. 그러나 공부 습관과 배움에 대한 의지는 그 무엇과도 대체할 수 없다. 빠르게 변화하는 시대 속에서 무언가를 쉽게 배우고 익히며 적응력을 키우는 일에 '독서'만큼 좋은 게 또 있을까? 지금부터 읽는 책, 지금부터 하는 공부가 진짜다!

책을 읽다 보면, 본인에게 특히 관심 있는 분야가 생기게 마련이다. 그것이 바로 꿈이자 실현될 미래다. 여러분은 어떤 분야에 관심이 많은가? 만약 베이킹을 좋아하게 되었다면 그와 관련된 책을 읽게 될 것이다. 당장 베이킹 도구를 사서 새로운 메뉴들에 도전하고 싶은 마음도 들 테고. 진짜 하고 싶은 일이라면 몸과 마음이 반응한다. 가짜 꿈은 행동으로 옮겨지지 않는다. 그건 꿈이 아니라 가볍게 스치는 호기심이나 소망 혹은 공상 정도일 테니까.

아무리 책을 읽어도 인생을 바꿀 주제를 만나지 못하는 사람도 있다. 그렇다고 포기해서는 안 된다. 다양한 분야의 책을 더 많이 읽고 경험치를 키워야 한다. 나 역시 여러 분야의 책을 골고루 읽다 보니, 언제 내 심장이 강하게 뛰는지 알 수 있게 되었다. 나는 자기계발서든 소설이든 '주인공이 시련에 마주쳤을 때 포기하지 않고 이를 극복해 가는 과정'을 보면 심장이 미쳐 날뛴다.

누군가는 자랑이니 허언이니 하며 자기계발서를 싫어하고, 그런 건 소설이니까 가능한 일 아니냐며 부정하기도 하지만. 나는 그런 이야기를 만나면 눈에서 눈물이 멈추지 않는다. 얼마나 힘들었을까 싶어 울고, 장하고 기특해서 운다. 누군가의 변화와 성장이 나를 미치게 뒤흔든다.

가까운 지인이 유치원 임용고시에 합격했을 때도 마찬가지다. 남편 뒷바라지와 아이 육아 중에 여러 어려움을 딛고 당당히 합격한 그녀의 이야기. 그때의 쿵쾅거림을 나누어 본다.

나: "축하해~! 어떻게 애 키우면서 그렇게 공부를 한 거야? 정말 대단하다!!"

지인: "언니, 나 ○○이 재우고 새벽 4시까지 공부했어요. 3~4시간 겨우 자고 일어나서 애 아침 먹이고 어린이집에 보내고 나면, 또 그때부터 아침도 안 먹고 공부하고……. 어린이집에서 ○○이 데려오면 놀아주다가, 애 저녁 먹이면서 나는 첫 끼를 먹었어요. 그리고 ○○이 잠들면 또 공부하고…… 무한 반복. 그런데 그사이에 남편 배가 계속 불러오는 거예요. 복부에 염증이 생겼는데 그게 계속 커져서 임신한 배처럼 부풀었어요. 남편은 나 공부하는데 걱정할까 봐 말도 안 하고……. 나는 그것도 모르고 배 나왔다고 놀리고……."

나: "아이고……."

지인: "결국 너무 커져서 남편도 수술을 해야 할 상황이라 나한테 말할 수밖에 없었어요. 1차 시험 끝나고 알게 되었는데, 제법 큰 수술이라 이대로 시험을 포기하고 싶은 마음도 들더라구요……. 그런데 1차 합격 소식 듣고 나니까 여기서 끝내면 모두에게 괴로움으로 끝나는 일 같아서 더 독하게 마음먹고 2차 준비 시작했어요. 남편은 병가를 내고 시댁에 누워서 병간호 받는데, 손주까지 같이 봐주시느라 결국 시부모님까지 몸살이 오셨어요. 그 모든 걸 다 뒤로 하고 집을 나섰어요."

나: "하……. 마음이 너무 무겁고 힘들었겠다……."

지인: "네……. 2차 시험은 면접이랑 수업 시연이라 독서실에도 못 가고, 카페 한구석에서 중얼거리며 미친 여자처럼 연습했어요……."

그간의 시험 준비 이야기를 들으며 눈시울이 붉어지는 건 어쩔 수 없었다. 어떤 일이 이루어지기 전에 극한의 시련이 주어진다. 그 어려움을 당당히 통과한 이의 삶은 이전과 분명 다르다. 훨씬 단단하고 강력하다. 지인이 이토록 힘겨운 상황을 견뎌 낼 수 있었던 이유는 가족의 신뢰에 대한 보답, 본인 스스로 꿈을 이루기 위한 노력 등이 합쳐졌기 때문이다. 이 모든 것이 그녀가 살아가야 할 이유이자 '삶의 의미'였다. '의미'를 찾지 못하면 '의지'는 쉽게 꺾이고 만다.

지금 이 나이라 가능하다

한 여자가 죽기로 결심한다. 하지만 그녀에겐 죽음조차 호락호락하지 않았다. 삶과 죽음, 그 사이에 놓이고 마는 것이다. 《미드나잇 라이브러리》[11]의 주인공 노라의 이야기다. 그녀는 자정의 도서관에서 후회의 책을 펼친다. 이렇게 살았더라면? 저렇게 살

앉더라면? 그곳에서 수만 가지의 삶을 살아 볼 기회를 얻는다. 드디어 노라는 가장 완벽하게 느껴지는 삶에 도착한다. 자상한 남편과 사랑스러운 딸, 번듯한 집과 여유로움이 가득한 생활. 그녀 본인 또한 좋아하는 철학자를 연구하는 교수로 안식년에 들어선 상태다. 이보다 더 좋을 수 있을까? 그러나 소설은 그렇게 그 삶에 정착하는 것으로 끝나지 않는다. 그것은 그녀가 직접 쌓아 올린 삶이 아니기 때문이다.

어딘가 쓰러져 삶과 죽음 사이에서 오도 가도 못 하는 진짜 노라. 그것이 그녀의 진짜 삶이다. 무수히 많은 노라들 속에서 가장 최악의 상황으로 다시 돌아가는 노라. 하지만 이제 그녀는 예전의 노라가 아니다. 더는 무기력하지도 후회로 찌들어 살지도 않는다. 본인이 원하기만 하면 어떤 삶이든 살 수 있다고 믿게 된 것이다. 우주 어딘가에 동시에 존재하고 있을 수영 선수 노라, 로큰롤 가수 노라, 서커스단 노라 등을 떠올리며. 지금 이 순간 할 수 있는 것들을 찾아 차근차근 나아간다.

"경기는 끝날 때까지 끝난 게 아니야. 체스판에 폰이 하나라도 남아 있으면 그 경기는 끝난 게 아니야. 설사 네가 폰이라고 해도, 아마 우리 모두 그럴 테지만, 넌 폰이 마법 같은 기물이라는 사실을 기억해야 해. 폰은 하찮고 평범해 보이지만 사실은 그렇지 않아. 왜냐하면 폰은 절대 그냥 폰이 아니니까. 폰은 차기 퀸이야. 넌 그저 계속 앞으로 나아갈 방법만 찾으면 돼. 한 칸 한 칸 앞으로 나아가는 거야. 그러다 반대편 끝에 도달하면 얼마든지 다른 기물로 승급할 수 있어."[viii]

인생을 포기하려는 노라에게 엘름 선생님이 해 주신 말씀이다. 대부분의 우리는 폰이다. 작고 평범해 보이는 일상을 살아간다. 하지만 폰은 그냥 폰이 아니다. 쉽게 목숨을 버려도 되는 하찮은 존재가 아니다. 폰은 차기 퀸이다. 평범함 속에 위대함을 품고 있는! 우리도 그렇다. 포기하지 않고 계속해서 나아가는 한 결국 위대한 결실을 이룰 것이다.

죽지 못해 사는 인생 말고 내 인생의 선장이 되어 주체적으로 살자. 계속해서 배우고 매일 더 나아지기 위해 노력하자. 공부에는 다 때가 있다고? 아니다. 우리는 언제나 가능성이 있는 '때'에 살고 있다. 지금도 결코 늦지 않았다.

《공부하는 독종이 살아남는다》[12]에서 이시형 박사는 나이

---

viii) 《미드나잇 라이브러리》, 매트 헤이그 지음, 인플루엔셜, 269쪽

들어서 하는 공부가 더 잘된다고 했다. 왜냐하면 절실한 만큼 몰입하기 쉽고, 당장 직장이나 생활 속에 활용할 수 있으니 창의적으로 응용할 수 있기 때문이다. 이 나이에 책을 읽으려는 우리에게도 통하는 이유이다. 게다가 코앞에 닥친 시험 때문에 바쁜 상황도 아니니 정신적으로 여유도 있고, 월급을 받는다면 책 한 권 사 볼 물질적 여유 또한 충분하다.

무엇보다 누가 시켜서 읽는 책이 아니다. 시험을 치르기 위해 억지로 읽는 것 또한 아니다. 내가 읽고 싶은 책을 마음껏 골라 볼 수 있다. 이 얼마나 자유로운가. 즐겁게 읽고 천천히 소화시키다 보면 인생을 살아가는 지혜와 즐거움이 생긴다. 단연코 지금 이 나이에 하는 독서가 진짜다!

인생이 무기력하고 앞으로 어떻게 살아야 할지 모르겠다면 독서, 공부, 그리기 등 무엇이라도 좋으니 시작해 봤으면 좋겠다. 이대로 끝나버리는 인생은 없다. 열심히 사는 게 뭐가 어때서! 소중한 내 인생이니까 내가 잘 보살피고 가꾸어야 하지 않겠는가. 긴 인생의 여정에 삶의 방향을 잡아 줄 무언가를 만났으면 한다. 그것이 든든한 인생책 한 권이라면 더할 나위 없겠다.

1일 1독, 나에게로 향하는 여행

"이 세상 모든 책들이 그대에게 행복을 가져다주지는 않아.
하지만 가만히 알려 주지, 그대 자신 속으로 돌아가는 길."

헤르만 헤세

1년 동안 매일 책을 읽었다. 처음에는 별다른 변화를 느끼지 못했고 그냥 닥치는 대로 읽었을 뿐이다. 그러다 어느 순간, 어? 스스로 놀라는 날이 왔다. 물이 끓는 모습을 본 적이 있을 것이다. 끓어오르기 전까지는 큰 변화를 느끼기 어렵지만, 조금씩 기포가 올라오다 100도가 되는 순간 파르르 끓어오른다. 독서도 마찬가지다. 변화가 일어나는 임계점이 있다. 임계점은 사람마다 다르다. 어떤 사람은 100권을 읽고 인생의 변화를 맞이하기도 하고, 어떤 사람은 1,000권을 읽어도 아무런 변화가 일어나지 않는다.

나는 100권, 200권 권수가 늘어날수록 자신감도 덩달아 강해졌다. 매일 책을 읽는 것에 자신감이 붙은 나는 무엇이든 할 수 있다는 용기를 얻었다. 새해 들어서는 하루도 빠짐없이 다이어리를 썼다. 해야 할 일들의 우선순위를 정하고 실천해 나간다. 지금껏 이렇게 장기간 다이어리를 쓴 적이 없었다. 1월 첫째 주 길어야 둘째 주 정도까지만 빼곡히 적다 던져 버리기 일쑤였는데 어느새 1년을 꽉 채우고 새 다이어리를 쓰고 있다.

이제는 운동도 거르지 않는다. 6개월간 필라테스를 하고 매일 걷고 또 걸었다. 코로나 4차 유행으로 초등학교 1학년 아들이 전면 원격 수업을 하게 되자 위기가 왔다. 개인 시간이 줄어들자 주말에는 동네 뒷산에 가고 새벽에도 종종 산에 오르며 주 2회 만 보 걷기를 실천했다.

자기 전에는 감사 일기를 쓰고 하루를 돌아보는 시간을 가진다. 일어날 때는 미라클모닝을 실천 중이다. 새벽 5시 30분에 일어나던 것이 1년이 지난 지금은 4시 30분으로 당겨졌고, 매일 새벽을 함께 깨우는 줌 독서실 멤버도 생겼다. 모닝 페이지를 쓰고, 전날 다 읽은 책을 재독 하며 서평을 쓴다. 밴드와 인스타그램에 독서 인증 글을 올리고 '함께 독서'를 알린다.

이런 하루의 루틴은 어느덧 안정적인 습관으로 자리 잡았다. 힘들지 않냐고 묻는 사람들이 간혹 있다. 처음에는 눈을 뜨기 힘든 날도 있고, 그냥 자 버린 날도 분명 있었다. 그러나 시간이 지날수록 알람 소리를 듣기도 전에 먼저 몸이 깨어난다. 새벽 공기를 가르며 시작하는 하루를 당연한 일상으로 여기게 되었다. 이렇게 1일 1독을 통해 다채로운 인생을 살고 있다.

책을 읽다 보면 마음속 물음표가 허다하게 느낌표와 마침표로 변하는 순간을 경험한다. 어떤 문제가 생겼을 때, 아무렇게나 펼친 책 속에서 문제 상황을 해결할 만한 실마리가 담긴 글을 발견하기도 한다. 어떤 날은 정확히 문제를 해결하지는 못하더라도 마음을 바꿔 버리는 글을 만나기도 한다. 《아티스트 웨이》[13]에서는 이런 현상을 '동시성'이라 말한다. 모닝 페이지에 이런 경험들을 쓰다 보면 신묘함을 느낀다. 하필 그때! 어떻게 알고! 인생을 살아가는 데 직관력이 높아지고 영감을 얻게 되어 안개 낀 하루가 조금은 선명해진다.

무엇보다 1일 1독을 하며 좋은 점을 꼽으라면, '나'와 마주하는 시간이 많아진다는 점이다. 소설이나 에세이를 읽을 때면, 특정 인물과 본인을 동일시하는 경험이 있을 것이다. 다른 장르의 책을 읽다가도 나와 같은 의견 혹은 반대되는 의견들 앞에서 자기의 생각을 자꾸 들여다보게 된다. 이러한 과정들이 본인의 생각을 공고하게 만든다. 우유부단하고 아무거나를 외치던 사람이 조금씩 좋아하고 싫어하는 것을 구분하기 시작했다. 내가 어떤 사람인지 점점 분명해졌다.

온종일 TV나 스마트폰을 보고 있노라면 가장 쓸데없는 짓이라는 연예인 걱정을 하기도 하고, 인플루언서들의 멋진 횡보에 기가 죽기도 한다. 뭘 먹는지, 거긴 대체 어딘지를 찾아보느라 시간 가는 줄 모른다. 각종 가십거리에 휘둘리다 허탈함만 남긴 채 끝이 난다. 아무런 배움이나 깨달음 없이 황금 같은 시간만 날릴 뿐이다.

그런데 책을 읽기 시작하면 상황이 달라진다. 타인의 삶이 아닌 나의 삶에 집중하게 된다. 분명 처음에는 작가의 생각에 따라 나도 같이 움직인다. 그런데 결국에는 '나도 그래. 맞아. 그건 좀 아니지 않아?' 하며 내 자아가 개입한다. 그렇게 책과의 대화가 이어진다. 긴긴 대화가 끝나면 나의 삶을 더 정성 들여 보살피게 된다.

하루라도 책을 읽지 않으면

좋은 책을 곁에 두고 읽기를 반복하면, 나의 말과 생각에 변화가 생긴다. 책을 읽고 있을 때는 마음이 가라앉고 큰 요동이 일지 않아 화를 내는 일이 줄어든다. 물론 사람인지라 화가 올라올 때도 있다. 하지만 금방 사그라들고 평정심이 생긴다. 불안과 초조함이 올라오며 삶이 못마땅할 때도 마찬가지다. 예전엔 화, 짜증, 불안, 분노 등의 감정이 올라오면 오랫동안 부정적인 생각에 파묻혀 있었다. 누군가에게 상처를 주기 위해 잔뜩 웅크려 있다가, 조금만 거슬리면 크게 화를 내기도 했다. 이제는 크게 심호흡을 하고, 책을 편다.

"하루라도 책을 읽지 않으면 입안에 가시가 돋는다."라는 말을 들어봤을 것이다. 안중근 의사가 한 이 말은, 중국 명나라 때 '주지유'라는 인물이 쓴 책에 나온 글이다. 안중근 의사가 옥중에서 이 책을 읽으며 배움이 부족해 나라를 빼앗긴 국민에게 배움의 힘, 특히 독서의 힘이 얼마나 큰지 알리기 위해 이 말을 남겼다고 한다. 사람은 계속 배우고 익히지 않으면 도태된다. 배움이란 특정 정보나 다양한 지식을 많이 쌓는 것만을 의미하지 않는다. 자신을 돌아보고 더 나아가 가정과 사회를 돌볼 수 있는 마음가짐, 의식의 변화를 포함한다.

"책을 읽지 않으면 입안에 가시가 돋는다."는 표현이 아찔하면서도 참 적절하다. 입안에 가시가 있다는 것은 폭언, 비방, 욕설 등을 품고 있다가 다른 사람들에게 내뱉음으로써 상처를 준다는 것 아닐까? 한 다큐멘터리에서 욕을 할 때 생기는 침을 모은 침전물은 갈색으로 다른 일상적인 말이나 사랑이 담긴 말을 했을 때와 달리 색깔부터 확연히 어두운 걸 본 적이 있다. 심지어 이걸 쥐에게 주사했더니 그만 죽고 말았다. 말의 힘은 이토록 크다.

책을 읽지 않으면 스스로를 돌아볼 기회가 없으니 말도 함부로 하게 마련이다. 자기주장만이 옳고 가장 잘난 사람이라 으스댄다. 그 반대의 경우도 있다. 아무것도 모른다며 주눅이 들고 주위 사람들까지 우울하게 만드는 것이다. 결국 가장 피해를 보는 건 본인이다. 전자든 후자든 고독할 것이고 삶이 점차 피폐해질 것이다. 몽테뉴는 "내가 우울한 생각의 공격을 받을 때 책에 달려가는 일처럼 도움이 되는 것은 없다. 책은 나를 빨아들이고 마음의 먹구름을 지워 준다."고 말한 바 있다. 마음을 보살피고 내 삶을 가꾸기 위해 책을 읽자.

한스 컨설팅 대표 한근태 작가는 2019년 한 해에만 5권의 책을 썼다. 차곡차곡 쌓인 경험과 독서력이 다양한 아이디어를 만들어 내는 바람에 책으로 풀어낼 수밖에 없었다고 한다. 책을 읽고 그 속에 파묻혀 지내다 보면 다른 사람을 흉보거나 욕할 시간조차 없을 것이다. 하루하루 읽고 쓰는 재미에 푸욱 빠져 보기를 바란다. 타인이 아닌 온전히 나의 삶으로 향하는 길을 찾게 될 것이다.

《인생의 차이를 만드는 독서법 본깨적》[14]의 저자 박상배는 2,000권의 책을 읽으면 머리가 트인다고 말했다. 20대부터 지금까지 나의 독서 기록을 살펴보니 대략 700여 권의 책을 읽었다. 2018년도까지 읽은 책 200권, 2019년도 50권, 2020년도 150권, 2021년도 365권. 이런 속도라면 내년에는 1,000권의 책을 읽게 된다. 그로부터 몇 년 뒤에는 2,000권을 읽게 되겠지. 그즈음이면 머리가 트이고 주체할 수 없는 아이디어들로 1년에 책을 몇 권씩 쓰는 사람이 되어 있을까? 장담할 수는 없지만 아마

도 지금보다 더 성장해 있을 것이 분명하다. 그래서 오늘도 읽고
쓴다.

제2장

하나둘 함께하는 이들이
생기면서

엄마라는 이름의 무게

> **"**세상에 당신보다 현명한 사람은 없다.
> 그러니 찾아 헤매지 마라.
> 당신의 삶을 잘 아는 사람은 당신이다.
> 그러니 당신이 스스로 현명해지면 된다.
> 언제나 당신 스스로를 향해 걸어라.
> 스스로를 찾아가라.**"**
>
> 나발 라비칸트

"8시 50분입니다!"

드디어 아이가 세상에 나오던 날. 그동안의 일상이 완전히 뒤바뀌어 버린 새로운 날의 시작이자, 엄마라는 존재가 아기와 함께 태어난 날이다. 생각했던 것보다 훨씬 작았던 발가락, 온통 까맣기만 한 눈동자, 눈을 감고도 수시로 오물거리는 작은 입. 기저귀를 처음 갈았을 때, 깃털 같은 가벼움이 아직도 생생하다. 살짝 든다는 게 등허리까지 훅 들어 올려 버려서 깜짝 놀라던 남편의 당황스러운 표정까지. 처음엔 마냥 신기했고 인형놀이하는 마냥 재미있기도 했다. 산후조리원에서 밤중 수유를 전혀 하지 않았으니까. 모유 유축을 제대로 하지 않아 유선염이 걸리고 나서야 정신이 바짝 들었다. 태어나 그런 고통은 처음이었다.

조리원에서 집으로 돌아온 날 더한 고통이 기다리고 있음을 그땐 미처 몰랐다. 아이는 온종일 먹고 자고 싸기를 반복했다. 3~4시간의 수유 간격은 금방금방 돌아왔다. 우유를 먹이고 트림을 시키고 기저귀를 갈고 나면 1시간이 훌쩍 지나 있었다. 나도 먹고 너도 먹으며 어느 순간 먹는 것조차 귀찮아질 정도였다. 가리는 것 없이 다 잘 먹어서 빵순이, 떡순이, 먹순이 등 온갖 별명은 가진 나였지만 돌아서면 먹이고 돌아서면 먹어야 하는 상황은 곤욕스러움 그 자체였다. 누구도 건사하고 싶지 않았다. 나조차도. 오로지 잠만 고팠을 뿐이다.

아이가 밤중 수유를 끊고 통잠을 자 주기 시작하니 아주 조금 숨통이 트였다. 늘 그렇듯 예측하지 못한 또 다른 고비가 기다리고 있었지만. 아이가 기어 다니기 시작하자 여기저기 머리를 찧었고, 다리에 힘이 생겨 일어서기 시작하자 손닿는 모든 곳의 물건을 떨어뜨리기 시작했다. 이유식을 만들다 말고 아이 우는 소리에 뛰쳐 가길 반복했다. 말을 하기 전엔 울고 떼쓰는 것으로 소통을 하더니, 말을 시작하자 유창해지는 만큼 요구사항도 함께 늘어만 갔다.

아이 셋을 키우는 직장 동료의 말이 떠올랐다. 아침에 눈 뜨면, 모유 수유 중인 막내까지 아이 셋이 모두 엄마 옆에서 자고 있다는 거다. 그 모습이 너무도 생생히 그려져서 안쓰러웠다. 우리 집 아이들은 이제 잠자리 독립을 했지만, 가끔 팔이 너무 불편해 눈을 뜨면, 아이들이 양옆에 자석처럼 붙어 자고 있었다.

그렇게 육아의 고비들을 한 고개, 두 고개 넘어서다 보니 정말 독립의 날이 왔다. 가끔 책을 읽어 달라거나 보드게임을 하자고 찾아오긴 하지만, 대체로 아이 둘은 알아서 잘 논다. 혼자서 킥보드나 자전거를 타거나 둘이서 축구를 한다. 이것이 진정 육아 황금기로구나!

물론 새로운 육아 미션이 도착한다. 바로 '엄마표' 공부. 혼자서 육아, 살림, 아이 공부까지 모두 도맡아 하며 나를 갈아 넣었다. 워킹맘이었던 내가 그 모든 걸 해내기란 여간 힘든 일이 아니었다. 결국 내가 진탕 아프고 나니 아무 소용없는 일이란 걸 알게 되었다.

내가 할 일은 여기까지! 라고 딱 정하기로 했다. 엄마가 모든 일을 책임질 수 없다. 집안일도, 육아도, 아이의 공부도. 내가 애써 무리하지 않는다. 아이가 원하지 않는 일을 억지로 하면서 나와 아이의 에너지를 갉아먹고 서로를 괴롭히는 행동은 그만두기로 했다. 집안일도 마찬가지다. 장난감이나 책이 좀 굴러다녀도, 설거지가 좀 쌓여 있어도 괜찮다고 주문을 외기 시작했다.

물론 집안일과 아이를 방치 혹은 방임하라는 얘기가 아니다. 마음을 편하게 먹고, '오늘은 여기까지!' 스스로 선을 긋는 연습을 해 보자는 것이다. 매일 약속한 분량의 공부나 숙제가 있는데도 놀기만 하는 아이를 눈감아 주라는 말도 아니다. 놀고 싶은 아이의 마음을 충분히 이해해 주고, 해야 할 일은 스스로 할 수 있게 도와주는 것이 부모의 도리다.

분명한 것은 공부와 독서 모두 아이를 위한 일이다. 아이가 그것을 해야 하는 이유에 대해 함께 고민하고 이야기 나눌 필요가 있다. 신기하게도 마음을 헤아려 주는 것은 어떤 일을 해나가는 원동력이 된다. 아이가 한결 말랑해진 마음으로 해야 할 일을 하기 시작한다. 만약 숙제를 끝까지 안 한다면? 이후 학교에 남아서 숙제를 해결한다거나 선생님께 혼이 나는 등의 상황은 아이가 스스로 책임져야 한다.

공부는 연계성이 중요하다. 초등학교 1학년 교과서가 쉬워보이지만, 그것을 제대로 학습하지 않으면 학년이 올라갈수록 부실 공사처럼 위태로워진다. 선행에 힘쓰기보다 아이의 기초가 튼튼할 수 있게 돕자. 그 이상은 아이의 상황과 여건에 맞춰 무리하지 않기로 한다. 내적 동기가 끓어오르면 하지 말라고 해도 하게 될 것이다. 지금 내가 새벽에 눈을 번쩍번쩍 뜨며 이렇게 읽고 또 쓰듯이.

물론 아이의 동기 유발에 어느 정도 부모의 역할이 작용한다. 그러나 가장 우선이 되어야 할 것은 부모가 먼저 마음을 편하게 먹는 것이다. 살면서 진짜 하고 싶은 일을 만나 열정을 불태울 날이 반드시 올 것임을 믿자. 그것으로 충분하다. 재촉한다고 상황이 좋아지는가? 결코 그렇지 않다. 꽃이 제각각 피는 시기도 다르고 형태도 다르듯, 내 아이도 반드시 꽃피울 날이 올 것이다. 다만, 부모는 곁에서 정서적 안정감과 편안함을 제공하고, 아이가 자신의 가능성을 믿도록 지지하면 된다.

우리는 함께 자란다

인공지능이 대부분의 직업을 대체한다는 이야기에 공감하는가? 나는 너무 두려웠다. 지식을 많이 가진 사람일수록, 전문직일수록 더 빨리 사라지게 될 거라 하니 기가 막힐 노릇이었다. 그렇다면 이제 우리에게 어떤 능력이 필요할까? 검색만 하면 다 나오는 알량한 지식을 달달 외우고 다니는 건 의미가 없다. 더욱더 사람다움이 강조되는 시대가 올 것이다.

자기 자신으로 살기, 즉 나답게 살기가 핵심이다. 칼 비테의 교육법15)에 따르면 유년 시절의 '나'를 잃지 않는 것이 중요하다고 한다. 아이들의 놀이를 가만히 살펴보라. "오늘은 공룡 놀이를 할 거야!" 스스로 주제를 정하고 즐겁게 몰입하며 상상력을 키운다. 친구들과 함께 놀 때는 규칙을 정하고 상황에 따라 바꾸기도 하며 배려심과 공감 능력을 키운다.

아이는 마음껏 자유로울 의무가 있다. 엄마도 마찬가지다. 더 힘껏 자유로워지길 바란다. 사람은 자유로울 때 잠재력을 발휘하고 행복을 느낀다. 엄마도 엄마가 처음이라 서툴고 어설플 때가 많다. 모성애라는 이름에 갇혀 모든 것을 혼자서 감내하려 하지 말자. 자식에 대한 엄마의 본능적인 사랑은 만들어진 신화에 불과하다. 물론 아이를 내팽개치고 집안일을 나 몰라라 하라는 말이 아니다. 모든 것이 내 책임이라는 모성애 코르셋을 벗어던지라는 말이다. 아직은 어렵다면 조금 헐렁하게라도 풀어 보자. 너무 조이지 말고.

"책 좀 꽂아! 누가 책을 밟니?"라는 잔소리가 수시로 아이들을 따라다닌다. 하지만 오히려 아이들이 자유롭게 놀고 실컷 경험하도록 하는 것이 창의성을 높이는 길이다. 책을 가지런히 정리하기보다 바닥에 펼쳐 두거나 쌓기 놀이를 해 보자. 아이들이 책을 징검다리 삼아 밟고 다니고, 도미노처럼 세웠다 넘어뜨리기를 반복해도 미소로 화답할 수 있기를 바란다. 좋은 엄마와 깨끗한 집 강박증에서 벗어나 아이와 함께 자란다는 마음을 가져 보면 좋겠다.

아이가 1학년이면 학부모도 1학년이라는 말이 있다. 이건 부끄러운 말이 아니라 지극히 당연한 현상이다. 아이는 학교라는 기관이 처음이고, 학부모도 내 아이가 1학년이 된 상황은 처음이니까. 나는 1학년 담임교사를 해 봤지만, 내 아이가 1학년이 되자 매일 만나는 하루하루가 새롭기 그지없었다. 우리는 모든 면에서 함께 배우고 성장해 간다.

유독 엄마에게 육아의 짐이 크다. 엄마라는 이름의 무게에 짓눌려 너무 아파하거나 우울해하지 말자. 우리도 사람이고 누구나 실수를 하며 그렇게 커 간다. 후회와 자책은 뒤로하고, 내 아이와 눈 마주치고 살 부비는 시간을 늘리자. 아주 작은 것에 감탄할 줄 알고 감사하는 것도 많은 연습이 필요하다. "혼자 응가를 닦네?" "이제 젓가락질도 할 수 있구나!" 지금 이 순간 눈앞의 소소한 일상에 감사하며 행복함을 느껴보자. 그거면 충분하다.

책을 덮고 나서부터가 진짜다

> 나는 1시간의 독서로 가라앉지 않는
> 그 어떤 고뇌도 경험해 본 적이 없다.
>
> 몽테스키외

책을 읽는 순간은 참 마음이 평화롭다. 몽테스키외의 말처럼 그 어떤 고뇌도 가라앉는 기분이다. 마음이 힘들 때 TV나 웹툰을 보고 나면 나만 힘든 것 같은 외로움과 공허함에 한없이 가라앉지만, 독서는 다르다. 한결 감정선이 부드러워지고 세상만사가 다 내 맘대로 될 것만 같다. 문제는 책을 덮고 시간이 조금 흐른 뒤에 나타난다. 만사 오케이였던 감정을 계속 유지할 수 있느냐. 이것이 궁극적으로 우리가 이루어야 할 과업인지도 모르겠다.

글쓰기 모임 멤버의 고백에 따르면, 본인이 브런치에 올린 글을 남편에게 절대 보여 줄 수 없다고 한다. 일상과 글 사이의 괴리 때문인데, 나머지 멤버 모두 공감을 쏟아 냈다. 분명 책을 읽고 글을 쓸 때는 성인군자가 따로 없다. 책을 읽고 얻게 된 통찰을 실제 삶에서 실천할 수 있다고 생각한다. 그런데 막상 육아 상황에 돌입하면 어떤가? 아이들이 시도 때도 없이 말다툼을 한다면? 입 안에 밥을 물고만 있다면? "야! 안 돼! 하지 마!" 절로 목소리가 높아진다. 하아, 엄마로 우아하게 살기란 정말이지 쉽지 않다.

독서를 하며 쌓아 놓은 마음의 양식을 곳간에 가만히 넣어 두지만 말고, 필요한 상황에서 적절히 꺼내어 사용해야 한다. 여러 가지 심리학책을 보면, 감정을 알아차리는 게 중요하다고 말한다. 알아차리기 위해서는 멈춤이 필요하다. 만약 화가 올라오거나 마음이 상하는 순간이 온다면, 그 순간을 놓치지 말자. 일단 정지! 심호흡을 한번 해도 좋고 눈을 감아도 좋다. 그리고 그 감정을 가만히 바라보는 것이다.

대부분의 부정적인 감정은 특정한 사람의 행동이나 말에서 촉발된 언짢음이나 분노다. 그 사람을 바꿀 수 있는지 생각한다. 원하는 것을 정확히 말하여 상대가 그것을 해 줄 수 있도록 부탁한다. 만약 그게 어렵다면 더는 그것에 대해 생각하지 않는다. 그리고 상대방에 대한 원망과 미움을 내려놓는다. 그저 내가 할 수 있는 일을 떠올린다. 그리고 딱 여기까지! 라고 정한다. 내가 감당할 수 있는 만큼만 한다.

육아 상황에 접목해 봤다. 예전에는 아이가 과자나 우유를 쏟았을 때 불같이 화를 냈다. 지금은 잠시 멈춰서 그 상황을 가만히 바라본다. 시선을 거두고 내 마음 안에서 올라오는 감정을 살핀다. '아, 저거 치워야겠네. 왜 맨날 조심성 없이 저러는 거야? 돌아서면 정리하고 돌아서면 닦고. 아. 진짜 힘들다.' 자꾸만 올라오는 감정들이 멈추길 기다린다. 너무 길어지면 스스로 멈추기도 한다. 이제 그만! 그리고 눈치를 보고 있는 아이에게 말한다. "앞으로는 조심하자. 우유는 자리에 앉아서 먹는 게 좋겠어." 마음이 더 가라앉았다면 이렇게도 말할 수 있다. "괜찮아. 누구나 실수는 하는 법이야. 하지만 조심할 필요는 있어. 그러다 컵이 깨지거나 쏟아진 우유를 밟고 미끄러져서 다칠 수도 있잖아."

오은영 박사는 육아에도 영어 회화 연습을 하듯 말하기 연습이 필요하다고 한다.[16] 연습하지 않고 순간적으로 튀어나오는 말을 떠올려 보자. 욱하는 감정 섞인 말들뿐이다. 우리 아이와 나 사이에서 자주 일어나는 일들을 떠올려 어떻게 말하면 좋을지 시뮬레이션을 돌려 보는 것이 중요하다. 아이들을 위해 벽에다 영어 단어를 써 붙이듯 부모를 위한 말하기 예시를 크게 써 붙여 보자.

내 감정은 내 책임이다

가끔은 돌발 상황이 생기기도 한다. 1일 1독을 시작한 지 정확히 100일이 되던 날, 시부모님께서 집에 오셨다. 매일 책을 1권씩 읽고 있다고 말씀드린 적은 없다. 그러나 집에 잔뜩 쌓인 책들을 보며 책을 많이 읽고 있다고 생각하셨을 것이다. 때마침 밖에 택배가 와 있었고 어머니께서 택배를 들고 들어오시며 "정예슬, 책 그만 읽어!"라고 말씀하셨다. 섭섭한 마음이 들어 순간 울컥했지만, 장난 섞인 말투로 말씀하셔서 그냥 같이 웃어넘겼다. 점심을 먹고 아이들끼리 놀자, 어머니와 나는 식탁에 앉아 이야기를 나누게 되었다.

앞으로 1년간 육아 휴직을 하게 되었으니, 특별히 아이들 먹을 것에 신경을 더 많이 쓰라는 말씀이셨다. 평소에도 워낙 잘 먹이는 걸 강조하셔서 그러려니 하며 들었는데, 갑자기 책을 그만 읽으라고 하셨다. "책 그만 읽고, 1년 동안 가족들 식단과 건강에 신경 써야지." '책 그만 읽고'만 빠졌다면 괜찮았을까? 1년 동안 가족의 먹거리와 건강을 책임지는 것, 그것이 올해 나의 최우선 과업인가? 첫째가 6개월 무렵 걷지도 못하는 아이를 업고 요리를 배우러 다닌 게 생각나 아찔했다. 그때도 그렇게 잘 챙겨 먹여야 한다고 요리 배우라는 말씀을 늘 하셨는데……. "책 읽으면 생각이 많아지잖아."라는 말씀을 덧붙이시는 순간 욱하는 감정이 올라왔다.

"아니, 어머니! 해도 해도 너무하시네요. 사람으로 태어나서 그럼 생각도 안 하고 삽니까? 책을 안 읽더라도 생각은 하고 살아야지요. 그리고 제가 이 집에 식모로 들어왔나요? 저더러 아무 생각도 없이 그냥 애들 끼니때 밥이나 챙겨 주는 시녀로 살라는 말씀이세요? 제가 애들을 굶기는 것도 아니고 그놈의 밥, 밥, 밥! 저는요, 그렇게는 못 살아요. 그렇게 살 거였으면 애초에 오빠랑 결혼도 안 했구요, 애도 안 낳았어요. 집에 들어오실 때부터 책 읽지 말라시더니 끝까지 이러시니까 솔직히 너무 섭섭하고 기분 나쁘네요. 그렇게 걱정되시면 어머님이 오셔서 밥 좀 해 주세요. 저는 못 해요! 안 해요!!"

라고 소리 내어 말하지는 못했다. 그저 짧은 침묵을 이어 갔다. 나만의 작디작은 저항이었지만, 이 정도로 만족했다. 하지만 결국 이 사건은 몇 달 뒤 곪아 터지고 만다. 기어이 일어나야 할 일은 일어나고야 마는 것인지.

어머니와 서로 섭섭했던 마음을 대화로 풀어내지 못한 채, 단절이라는 극단적인 선택을 함으로써 갈등은 더욱 고조되었다. 그런 불편한 감정은 결국 남편과의 갈등으로도 이어졌다. 예상했듯 남 탓만 하며 모두가 불행한 나날을 보내야 했다. 잠시 떨어져 생각하는 쿨링 타임도 필요하지만, 무조건 입을 닫고 있는 것도 능사는 아니다. 되레 문제를 더 악화시킨다. 그냥 참을 것이 아니라 할 말은 해서 엉킨 실타래를 풀어야 한다.

데일 카네기는 《인간관계론》[17]에서 논쟁으로는 결코 상대를 설득할 수 없다고 말한다. 상대를 설득하기 위해서는 먼저 상대방의 생각과 욕구에 '공감'하는 것이 우선이다. 그리고 전달하고 싶은 말을 구체적으로 말할 필요가 있다.

"어머니, 말씀에 공감합니다. 한창 자랄 아이들에게 먹거리는 참 중요하지요. 그렇기 때문에 저에게 독서가 중요합니다. 육아와 집안일을 즐겁게 잘하기 위해 제가 행복해야 하는데 책이 제 삶의 원동력이 되어 주거든요. 현실에서 도피하려고 책을 읽는 게 아니에요. 하지만, 저도 건강과 좋은 먹거리의 중요성을 알기에, 어머님께서 걱정하시는 일이 없도록 독서와 건강 모두 챙길 수 있는 방법을 잘 찾아보겠습니다."

예전에는 세상의 중심이 나였고, 내가 하고 싶은 것을 막는 사람은 적으로 여겼다. 하지만 이제는 그렇지 않다는 걸, 그럴 수 없다는 걸 안다. 모두 각자의 입장이 있고 사람 수 만큼이나 다양한 생각이 공존한다. 그 다름을 인정하고 받아들이되 휘둘리지 않으면 된다. 내 삶과 타인의 요구 사이에서 적절한 균형을 잡고 서로가 맞춰 가야 한다. '왜 나한테 저러지?'라는 생각보다 '어떻게 그런 생각을 하게 되었을까?' 하고 타인의 서사를 궁금해한다면 이해의 폭이 넓어지고 갈등이 줄어들 것이다. 이를 위해 자존감과 감사함 더 나아가 사랑하는 마음이 필요하다.

"나는 나를 사랑으로 가득 채운다. 그리고 이 사랑을 세상에 전달한다. 누군가 이걸 받아들이면 매우 멋진 일이다. 받아들이지 않는다면 그건 그냥 그들이 그렇게 한 것일 뿐이다. 이 지구상에 업보가 있다는 걸 나는 이제 이해하기 시작했다. 내가 알고 있는 건 오직 내 고통과 괴로움, 어려움에 대해 스스로 책임을 지는 것이 중요하다는 점이다."[i]

웨인 다이어의 《인생의 태도》[18]에 나오는 구절이다. 인생을 살아가는 데 책임감 있는 태도가 얼마나 중요한지 가르쳐 준 책이다. 내 감정은 내 책임이다. 부정적인 감정이 떠오르면 남이나 환경을 탓하기 전에 곧바로 나의 내면을 들여다본다. 내면의 평화에 도달해야 자기 자신에 대한 이해에 도달할 수 있다. 내면의 평화는 책을 덮고 시간이 흘러도 유지되어야 하므로 지속적인 노력이 필요하다.

타인의 판단과 시선에 흔들리지 않고 스스로의 생각을 계속 재조정해야 한다. 부정적인 상황이나 시선에 마주할 때도 거기에 휘둘리고 아파하는 것이 아니라 얼른 그 감정을 헤아리고 빠져나와야 한다. 내 감정은 내 생각에서 나오는 것이므로 나는 그 생각을 '선택'할 수 있다. 타인에게 내 삶의 통제권을 넘겨주고 싶지 않다면 내 생각을 잘 선택하자. 그것이 바로 내 인생을 선택

i) 《인생의 태도》, 웨인 다이어 지음, 더퀘스트, 150쪽

하는 길이고 책임감 있는 삶을 살아가는 바람직한 태도이다.

"어떤 상황에서든 나는 내 삶의 주도권을 되찾을 수 있습니다.
바로 지금, 내 인생을 다스리는 힘이 다시 내 손에 들어옵니다.
나는 내 인생이 내 편임을 기억합니다. 기꺼이 나 스스로를
용서하고 과거는 흘려보냅니다."

루이스 헤이

자기만의 방을 가지세요

> 66
>
> 아이의 공부방보다
> 부모의 서재를 만드는 것이 우선이다.
>
> 와타나베 쇼이치
>
> 99

　아이들을 재우고 나면 나만의 공간으로 들어가 하루를 마무리한다. 내가 좋아하는 책이 잔뜩 쌓여 있고, 여기저기 좋아하는 글귀가 가득 붙어 있는. 그 누구의 방해도 없이 오롯한 나만의 시간을 가질 수 있는 이 세상에서 가장 아늑하고 안전한 곳이다. 좋아하는 음악이나 마음을 편안하게 만들어 주는 백색소음을 틀어 놓고 눈을 감는다. 운동 챌린지에서 배운 흉곽 호흡을 하며 짧은 명상을 하고, 하루를 돌아본 다음 감사 일기를 쓴다. 더없이 소중한 이 시간에 종종 눈시울이 붉어진다.

그동안 나를 위한 공간을 따로 마련할 생각을 하지 못했다. 아이들이 더 어릴 때는 옆에서 재우다가 같이 잠들어 버리기 일쑤였다. 다시 일어나 TV를 보는 사람들의 체력이 마냥 부럽기만 했다. 아침 시간이나 주말 낮에도 늘 북적북적 가족들과 따로 또 함께 있다. 내 자리는 식탁이었다. 돌아서면 밥 먹고 설거지하고 또 돌아서면 밥 먹고 걸레질하는. 오죽하면 '돌밥'(돌아서면 밥)이라는 말이 생겼을까. 그 와중에 주방 식탁에서 책을 읽다 아이들과 놀아주기를 반복했다.

일본 최고 입시 전문가라 불리는 오가와 다이스케가 우수한 성적의 여러 가정을 방문한 뒤 그 공통점을 적은 《거실공부의 마법》[19]을 읽고, 거실에 큰 책상을 마련하게 되었다. '거실공부'의 핵심은 아이가 궁금한 것을 거실이라는 공간에서 해결할 수 있도록 지도, 도감, 사전을 마련해 두는 것이다. 아이는 수시로 찾아보고 들춰 보며 배움을 즐기게 되는데 이러한 지적 자극이 높은 학습 성취도로 이어진다.

거실에 TV를 없애고 책장을 둔 지는 꽤 오래되었다. 이참에 소파를 내보내고 큰 책상을 놓았다. 한 귀퉁이에 데스크 매트를 깔고 노트북과 책을 펼쳐 두었다. 데스크 매트만큼의 내 공간이 생겨 정말 좋았다. 맞은편에서 아이들이 책을 보며 그림을 그릴 때 나는 책을 읽었다. 같이 만들기를 하기도 하고 학교와 유치원에서 내주는 숙제도 한다. 아이들이 잠들면 작은 독서 등을 켜고 책을 읽는다.

어느 순간 글을 쓰려고 하자 집중이 잘 안 되었다. 여기저기 널브러진 아이들의 책과 크레파스들이 계속 눈에 들어와서일까? 괜히 집안 살림을 들었다 놓았다 하며 딴짓을 하기 시작했다. 책상 방향을 바꾸면 더 나을까 싶어 이리 돌렸다 저리 밀었다 힘을 빼기 일쑤였다.

조선 실학자 서유구가 쓴 《임원경제지》[20]에 실린 서재 가이드를 보고 내게 닥친 문제를 이해할 수 있었다. "서재는 밝고 정결해야 하지만 지나치게 활짝 개방되어서는 안 된다. 서재가 밝고 정결하면 심신을 상쾌하게 만들지만, 서재가 너무 크거나 활짝 개방되어 있으면 시력을 상하게 한다." 거실에서 온 가족이 함께 독서를 하고 토론하기엔 적합하지만 내가 책을 읽고 글을 쓰기엔 너무 개방적이었다. 물론 사람마다 다르겠지만, 내게 거실은 글 쓰는 장소로 맞지 않았다.

한참을 고민하다 놀이방이었던 곳을 정리하기 시작했다. 장난감이 많이 줄어들어서 수납장 몇 개를 비울 수 있었다. 나머지 장난감들을 베란다로 뺐더니 빈 벽이 생겼다. 반대편에 있던 컴퓨터 책상을 그쪽으로 옮겼다. 원래 책상이 있던 자리에 책장을 2개 더 넣었다. 덕분에 여기저기 널려 있던 내 책들을 한 방에 모을 수 있었다. 그렇게 나만의 서재가 탄생했다. 남편 책이 섞여 있으니 온전히 나만의 것이라 할 수는 없지만, 아이를 낳고 처음 가져 본 내 방이라 마냥 좋았다.

김정운 교수는 "우리 삶에서 보잘것없는 작은 공간이라도 내가 진짜 하고 싶은 일, 그러니까 글을 쓰고, 그림을 그리고, 음악을 들으며 즐겁고 행복할 수 있는 공간, 삶의 가능성을 꿈꿀 수 있는 '내 공간'이 있어야 한다."라고 말했다. 평생 무소유를 실천하셨던 법정 스님마저도 '깨끗한 빈방'에 대한 욕심은 어쩌지 못하셨다고.

서재에서 책만 읽는다는 고정관념은 버렸으면 좋겠다. 운동을 좋아하는 사람이라면 책과 운동 기구를 한데 놓을 수도 있다. 나만의 복합문화공간으로 꾸며 보는 거다. 내 안에 잠든 예술성과 영감이 살아나는 장소가 될 것이다. 책과 미니 자전거를 함께 두어, 책이 너무 재미있는데 운동은 해야 할 때 자전거를 타면서 책을 읽는다.

문구 덕후님들은 아마도 오색찬란 색색깔 펜들과 노트들로 방을 꾸밀 수도 있겠다. 중요한 것은 자신이 좋아하는 것을 가득 채워 언제든 들어갈 때마다 행복감을 누릴 수 있는 공간으로 만드는 것이다. 나만의 힐링 공간! 꼭 근사한 책상과 책장이 있어야 하는 건 아니다. 접이식 책상, 책, 노트와 필기구만으로도 충분하다. 아무리 해도 공간이 여의치 않다면 카페나 도서관도 좋다. 나도 기분 전환이 필요할 때는 도서관에 마음으로 찜해 둔 '내 자리'에 간다.

중요한 것은 '나만의 공간'을 마련하고 '나를 즐겁게 하는 무언가'를 지속적으로 행하는 것이다. 책도 읽고 글을 쓰면서 틈틈이 취미활동을 즐길 수 있다. 이곳에서 매일 성장하고 자기 자신과 더욱 친밀해진다. 본인이 무엇을 잘하고 또 좋아하는지 자꾸 물어보면서 새로운 일을 거듭 시도해 본다. 모두가 자기만의 공간을 마련하기 위해 조금 더 적극적으로 노력했으면 좋겠다.

사람을 살리는 서재

기본적으로 자기만의 서재는 치유와 회복의 공간이다. 마키아벨리가 삶의 절정기에 모든 것을 잃고 가혹한 현실을 견뎌야 했을 때, 그에게는 자신만의 골방이 있었다. 그는 집으로 돌아와 작업복을 벗어 두고 궁정에 들어갈 때 입는 옷으로 갈아입은 후 자기만의 서재로 들어갔다. 그곳에서 4시간쯤 독서와 사색을 즐기다 보면 불안하고 두려운 마음이 편안해졌다고 한다.

내 서재의 목적에 대해 고민해 봤다. 나를 위해 문을 닫고 들어오지만, 타인을 위해 활짝 열리는 공간이었으면 하는 바람이 있다. 누군가 우리 집에 온다면, 나를 살리는 이 서재가 그 사람도 살렸으면 좋겠다.

그래서 서재에 있는 책들을 정리하기로 했다. 몸이 아플 때, 답답할 때, 자존감을 높이고 싶을 때, 책을 잘 읽고 싶을 때 등등. 다양한 상황들에 맞춰 책을 꽂는 것이다. 원하는 답을 척척 들려줄 수는 없어도 책을 권할 수 있기를 바라며. 내 서재의 목적, 책을 읽는 이유가 '사람'을 살리는 선한 영향력으로 이어지길 진심으로 바란다.

"Right time, Right person, Right book"

미국도서관협회의 초기 모토다. 적합한 때에 적합한 사람에게 적합한 책을!

누구에게나 심신이 지쳤을 때 편히 쉴 수 있는 장소이자 고통을 치유하는 공간이 필요하다. 아이들 밥을 먹이다 여기저기 붙은 밥풀과 직장에서 딸려 온 일상의 먼지들을 털어 내고 깨끗한 옷으로 갈아입자. 그리고 자기만의 방으로 향하자. 온전히 나 자신으로 살아가기 위해 충분한 회복을 거쳐 건강하게 일상으로 복귀하기 위하여. 지금 나는 나만의 방에서 글을 쓰면서 즐거운 상상을 즐기고 있다.

처음부터 완벽한 서재를 갖기란 쉽지 않다. 조금씩 영역을 확장해 가자. 집의 한 공간은 온전히 나의 독서 생활을 위한 곳으로 조금씩 바꾸어 본다. 마음에 드는 독서등도 하나 두고, 인센트 스틱이나 양초 등으로 분위기를 내어도 좋다. 자주 가고 싶은 곳, 마음의 평안을 주는 작지만 확실한 행복이 느껴지는 공간을 만들어 보자.

나만의 서재 만들기 팁

○ 자신이 원하는 '꿈꾸는 서재'와 가장 흡사한 사진을 구하여 벽에 붙여 놓는다.

○ 책 읽을 공간을 마련한다. 공간이 여의치 않을 때는 의자 하나만 있어도 충분하다.

○ 책 읽기가 어느 정도 익숙해지면 책상이나 탁자를 마련해 책을 쌓는다.

○ 점점 책이 늘어나면 자기만의 책장을 마련해 보기 좋게 꽂는다.

책과 쌓은 추억을 공유하세요

> 66
>
> 자신의 삶을 서술하는 것이
> 모든 사람을 위해 사는 것이다.
>
> 슈테판 츠바이크
>
> 99

나는 언제부터 '기록하기'를 즐겼을까? 거슬러 올라가 보니 고등학교 선배의 책이 떠올랐다. 《책을 베고 잠들다》[21]라는 제목으로 그간의 독서 기록을 담은 책이었다. 그 시절에는 책보다 교과 공부가 우선이었기에 그저 대단하다고만 여겼다. 20살이 되어 그 책을 다시 읽어 보았다. 그 선배가 읽은 책을 나도 다 읽어 봐야겠다는 목표와 함께 나만의 독서 노트에 기록을 시작했다. 때마침 책을 좋아하는 엄마가 나의 독서를 지지해 주시며 책 친구를 자처하셨다. 각자 원하는 책을 읽고 이메일로 독서 기록을 주고받는 식이었다.

그러나 갑작스러운 엄마의 암 투병으로 모녀간 독서 대화는 흐지부지 끝이 났다. 대신 싸이월드 다이어리에 독서 기록을 남기기 시작했다. 책을 좋아하는 친구들의 댓글 덕분에 읽고 기록하는 데 점점 재미가 붙었다. 차마 그 누구에게도 공개하지 못하는 속마음을 풀고 싶을 때 쓰던 일기장 겸 독서 노트도 따로 있었다. 아빠의 잇따른 투병으로 세상에 홀로 남겨질 것만 같은 두려움이 나를 엄습할 때, 나는 작은 노트로 달려가 울음을 쏟아 냈다. 나에게 독서 기록은 숙제처럼 억지로 하는 것이 아니라, 누군가와 일상을 나누거나 나를 위로하는 방법이었다. 그래서인지 인스타그램에 책을 읽고 서평을 쓰는 게 부담스럽지 않았다. 오히려 재미있고 신나는 일의 연속이었을 뿐. 누가 시키지 않아도 새벽까지 열성적으로 빠져드는 나만의 취미 생활이었다.

소소한 하루를 책과 함께 나누었더니, 주위에 책 읽는 사람이 점점 늘어갔다. 따뜻한 위로와 응원의 댓글이 달렸다. 책 친구가 늘어나자 그만큼 더 힘이 났다. 내가 좋아서 하는 일인데 많은 사람이 함께해 주니 즐거움이 배가 된 것이다. 인스타그램에서 인연이 된 책 친구가 공감 백배 댓글을 달아 주었다. "읽은 것을 남기는 것은 나의 공간을 확장시켜 준다." 책을 읽고 글을 쓰는 나의 작은 세상이 SNS 덕분에 무한히 넓어지고 있다. 책으로 얽힌 인연들이 계속 늘어나고 서로에게 끊임없이 자극이 되어 주는 무한 선순환의 공간!

나 홀로 독서 시간이 끝나면 곧장 모험을 떠난다. 나와 똑같은 책을 읽은 사람들이 어떤 생각을 했는지 살펴보고, 다양한 질문과 고민거리들을 접한다. '나는 무심히 넘겼던 구절인데 누군가에게는 울림을 주고 또 다른 생각의 주춧돌이 되었구나.' 신기해하며 책 속에서 다시 찾아 읽는다. 내 책에 밑줄이 하나도 없을 때 오히려 더 재미를 느낀다. 모르고 지나친 보석을 발견한 기분이랄까? 생각을 새롭게 발전시키고 한층 더 성장하는 계기가 된다. SNS를 통해서 사고의 확장과 배움을 경험하다니!

SNS가 시간 낭비라고 생각하는 사람들도 있다. 나도 한때 그랬었기에 수천 명의 이웃이 있었던 블로그를 삭제하기도 했다. 그 또한 나의 소중한 자산이자 노력과 추억의 산물인데 지금 생각하니 너무 아깝다. 결혼 전부터 출산, 육아, 독서 기록 등 10년간의 기록을 모조리 날려 버린 것이다. 어차피 사진은 따로 저장해 두었으니까 별로 개의치 않았지만, 글은 대체 어쩔 셈이었던 걸까! 그때 내가 품었던 생각과 감정들을 찾을 길이 없어 아쉽고 원통하다. 혹시라도 불현듯 블로그나 인스타그램을 탈퇴하고 싶다면 조용히 비공개 처리하시라고 강력히 조언 드린다. 무엇보다 인생의 낭비라 여기기 전에 꼭 한번 SNS를 제대로 경험해 보길 바란다.

SNS에 독서 기록을 남기는 것은 나의 성장을 한눈에 볼 수 있는 포트폴리오와도 같다. '와~! 이런 책도 읽었어? 그때 이런 생각을 했었구나. 맞아, 맞아. 그런 일이 있었지.' 내가 어떤 책을 읽고 무슨 생각을 하면서 지냈는지, 또 어떻게 변화되어 왔는지가 한눈에 보인다. 어쩌면 SNS라는 공간은 타인과의 소통 이전에 자기 자신과의 대화 창구가 아닐까? 그 누구보다 열렬히 나의 성장을 응원하고, 진정으로 사랑해 줄 사람은 나 자신뿐임을 잊지 말자.

똑같은 책을 읽고 글을 써도 사람마다 생각이 다르기에 결과물 또한 다르다. 내용적인 부분 외에도 책 표지를 찍은 사진 등 외적인 부분에서 각자의 개성이 여실히 드러난다. 글과 분위기, 디자인이 어우러져 '나'라는 한 사람을 대신하는 것이다. 나만의 이야기, 자신만의 콘텐츠를 만드는 게 경쟁력이 되는 퍼스널 브랜딩 시대다. SNS만큼 자기를 확실히 드러낼 수 있는 도구가 또 있을까?

처음에는 일상과 육아가 전부였던 공간이 어느새 책으로 가득 찼다. 어느 순간 운동 기록이 추가되기도 하고 드로잉 작품을 선보이기도 했다. 만 보를 걷고, 매일 2리터씩 물을 마시려고 노력한다. 1년에 100권도 못 읽던 내가 반년 만에 200권을 돌파했다. 나의 끈기와 도전 정신에 스스로가 놀라는 나날이다. 계속해서 자신의 기록을 경신하는 재미를 얻게 된 것이 가장 큰 수확이다. 이렇게 책을 쓸 생각을 한 것도 SNS 덕분에 가능했다. 나의 성장을 지켜보던 한 온라인 강의 업체에서 온라인 클래스를 진행하자고 요청을 해 왔다. 나의 서평 글을 보고 신간 도서를 보내 주며 서평을 요구하는 출판사가 생겼음은 물론이다.

정신없이 바빠서 SNS는 들여다볼 시간조차 없다고? 그럴수록 더 SNS를 해야 한다. 인터넷에 올려둔 나의 글들이 저 스스로 나를 알리고 널리 퍼져 나갈 테니까. 별거 아닌 것 같은 자신의 소소한 일상이 누군가에게 위로가 되기도 하니까. 나의 삶을 드러내는 글쓰기를 두려워하지 말자.

나누면 커진다

우리가 흔히 사용하는 SNS로는 인스타그램, 블로그, 페이스북 등이 있다. SNS는 Social Networking Service의 준말로 온라인상에서 여러 사람과 관계를 맺을 수 있는 서비스를 말한다. 처음 SNS를 시작하려는 분들은 먼저 어떤 공간이 편한지 탐색이 필요하다. 인스타그램은 사진 위주라 긴 글을 올리기엔 부적합할 수 있다. 그러나 요즘 많은 사람이 이용하고 있고 사진 하나만 올려도 제법 근사한 공간이 만들어진다. 그래서 초보자들이 쉽게 시도할 수 있는 공간이다.

긴 글을 쓰거나 글의 중간에 사진 혹은 특정 사이트의 링크를 거는 등 '글'에 초점을 두고 쓸 경우에는 블로그로 향한다. 반면 짧은 글과 '사진'이 주가 되는 경우 인스타그램에 올린다. 많은 사람이 함께 읽었으면 하는 글은 인스타그램의 본문과 댓글을 이용해 전체 내용을 게시하는 방법도 있다. 되도록 자리를 옮기지 않고 한 공간에 머물러 편하게 글을 볼 수 있도록 하는 작은 배려이다.

본인이 원하는 공간을 정했다면, 그곳에 매일 수다를 떨듯

게시글을 올리자. 초반에는 하루에 하나씩 올리기를 권한다! 블로그라면 1일 1포스팅, 인스타그램이라면 1일 1피드. 매일 글을 올리는 꾸준함이 자리를 잡고나면 어느 순간 일주일에 몇 번은 습관적으로 올리게 되므로 유령 계정이 되어 사라질 일은 없다. 나와의 작은 약속이지만 매일 지키는 것은 성공 경험을 쌓고 덩달아 자신감도 높인다.

은유 작가는 "비밀글만 쓰면 글이 늘지 않는다."고 말했다.[22] 혼자 쓰는 노트는 모닝 페이지 하나로 족하다. 독서 기록이든 일상에서의 소소한 즐거움이든 무엇이라도 좋으니 기록하고 나누자. 지금 당장 SNS에 가입하고 첫 글을 올려 보길 바란다. 하루에 하나씩 본인의 속도에 맞게 천천히.

정민 교수는 책을 읽다가 좋은 구절을 만나면 혼자만 알지 말고 함께 나누라 하셨다. "어떤 것을 완전히 알려거든 그것을 다른 이에게 가르쳐라."라는 트라이언 에드워즈의 말도 일맥상통한다. 학생들끼리도 협력 수업을 통해 서로가 서로를 가르치도록 하면 수업 내용을 90% 이상 기억한다는 연구 결과도 있다.

다른 사람들에게 책의 훌륭한 대목을 나눌 때 우리는 그 내용을 한 번 더 곱씹어서 좋고, 상대방은 좋은 뜻을 함께 새길 수 있어서 좋다. 우리의 성장은 함께할 때 의미가 있다. 나 혼자 아무리 깨닫고 앞으로 나아가도 곁에 있는 사람들이 제자리걸음이면 서로 힘이 되어 주지 못한다. 서로에게 좋은 영향력을 주고받는 윈-윈의 관계가 되기 위해 같이 나아가야 한다. 함께 성장의 기쁨을 느끼며, 읽고 쓰고 나누는 삶에 푹 빠져들기 바란다.

책이 맺어 준 선물 같은 인연

66

마음에 맞는 계절에
마음에 맞는 친구를 만나
마음에 맞는 말을 나누며
마음에 맞는 시와 글을 읽는 일이야말로
최고의 즐거움이라 할 것이다.

이덕무

99

두 아이가 6살, 4살이 되자 엄마를 찾는 횟수가 현저히 줄어들었다. 밖에서 놀 때 특히 그렇다. 그네를 밀어 주지 않아도 되고, 잡기 놀이에 함께하지 않아도 된다. 형제라 그런지 놀이 취향도 비슷하다. 공과 딱지만 있으면 2~3시간을 거뜬히 놀았다.

'야호! 내게도 자유 시간이 생겼다.'
두 아이를 낳은 이후로는 육아서와 자녀 교육서만 주야장천 읽었다. 이제는 다른 분야의 책이 읽고 싶다는 생각이 들었다. 그렇게 놀이터에서 엄마의 책 읽기가 시작되었다.

그러던 어느 날, 어떤 여자 분이 다가오셨다.

'우리 아이들에게 무슨 문제가 생겼나?'

주위를 두리번거렸다. 두 아들은 별일 없이 신나게 놀고 있었다. 혹시 아이들 친구 엄마인가 싶어 어색하게 인사를 건넸다.

"아…… 안녕하세요?"

"네 안녕하세요. 혹시…… 그 책 어떠셨어요? 절반 정도 읽으신 거 같아서요. 제가 이런 사람이 아닌데, 죄송해요. 놀라셨죠? 얼마 전에 다 읽은 책이라 반가운 마음도 들고, 어떤 생각이 드셨는지 궁금해서요."

알고 보니 같은 아파트에 사는 동네 주민분이셨다. 경제경영 분야의 갓 나온 신간을 벌써 다 읽으셨다니 오히려 내 쪽에서 더 호기심이 일었다. 알고 보니 그분은 공대를 나와 10년 넘게 회사 생활을 하신 분이셨다. 결혼 후 아이를 키우시며 전업주부로 계시지만, 늘 세상 돌아가는 데 관심이 많으셔서 인문교양서를 많이 읽고 계셨다.

다른 사람들은 같은 책을 읽고 어떤 생각을 하는지 궁금하다고 하셔서 그날로 단둘이 독서 모임을 결성했다. 이름하야 '동네 엄마 북클럽'. 엄마 둘이 모여 남편과 시대 혹은 아이들 사교육 이야기가 아닌 '책 수다'를 떠는 것. 생각보다 신선하고 즐거운 만남이었다. '같은 아파트 단지에서 책 친구를 만나게 되다니! 놀이터에서 대놓고 책을 읽다 보니 이런 소중한 인연이 생기는구나!' 신기하고 기뻤다.

여전히 놀이터에 나갈 때는 책을 챙겨 간다. 책에 관심을 보이는 분이 계시면 동네 엄마 북클럽에 초대해서 어느덧 5명으로 멤버가 늘었다. 경영학과, 컴퓨터공학과, 초등교육학과, 독일어학과, 간호학과. 모두 다른 분야에서 공부했고 직업도 제각각이다.

그런 다섯 사람의 공통점이 있다면 아이를 키우고 있다는 것. 그리고 책을 좋아하는 사람들이라는 점이다. 모두 치열한 육아 터널을 지나 조금의 여유가 생긴 상태, 그 작은 여유를 비집고 올라오는 생각들이 비슷한 우리들. 지난 몇 년간 엄마로 살면서 정작 '나'는 어떤 사람이고 무엇을 좋아하는지 잃어버린 사람들이기도 하다. 그래서 그나마 좋아했던 책을 다시 집어 들었고, 앞으로의 인생에 대해 고민하기 시작했다. 엄마들이 꿈을 찾고 행복해지길 바란다.

함께 성장하는 우리들의 책 읽기

동네 엄마 북클럽과 별개로 밴드에서 독서 모임을 운영 중이
다. 밴드는 매월 첫날과 보름 총 두 번, 15일간 읽을 책 목록을
공유한 다음, 매일 독서 인증을 한다. 밴드장인 내가 매일 아침
독서 인증 게시글을 올리면 멤버들이 책을 읽고 댓글로 인증하
는 방식이다. 읽은 책의 쪽수나 인상적인 내용을 나눈다. 짧게라
도 매일 읽고 쓰는 것이 핵심이다. 1년 넘게 운영해 보니 밴드 멤
버분들에게 감사 인사를 받을 때가 종종 있다. 대체로 매일 책
을 읽게 되었다는 내용이다.

"밴드장님 덕분에 책을 손에 가까이할 수 있어서 감사해요."

"뭐든 꾸준히 하는 게 정말 힘들던데 대단하셔요. 밴드장님
께서 열심히 밴드 관리해 주시는 덕분에 정말 독서 안 하던 제
가 독서를 하게 됩니다. 감사합니다."

"두 달 조금 넘는 기간 동안 책을 30권이나 읽었어요. 밴드
장님 덕분이에요."

"밴드 만들어 주셔서 독서의 끈을 놓지 않는 것 같아요. TV,

휴대폰보다 책을 더 많이 보는 것은 제게 상상할 수도 없었던 일이었거든요. 다시 한 번 감사드려요."

"보름 동안 책 1권만 읽어도 다행이다 싶었는데 어느새 2권이나 읽었어요. 이제 또 다른 책에 도전해 봅니다. 하루에 조금씩만 읽어도 이렇게 되다니 밴드 들어오길 잘했어요."

의지력이 약할수록 혼자보다 함께하는 것이 좋다. 실제로 한 지인은 여러 가지 다른 온라인 독서 모임에 네 군데나 참여하고 있다. 강요된 읽기가 아니면 독서를 하지 않는다는 이유로. 보통 한 달에 1권 책을 정해 토론을 하니까 한 달에 최소 4권은 무조건 읽게 되는 것이다. 어떤 곳은 회비를 내고 참여한다. 많은 사람이 돈을 내고서라도 독서 모임에 참여하는 까닭은 무엇일까? 가장 근본적인 이유는 혼자 읽기 힘든 책을 함께 읽음으로써 완독의 기쁨을 경험하는 것이다. 또 타인과 책 이야기를 나누며 사고의 폭이 확장된다는 이점도 있다. 한 권의 책을 읽고 나면 다음 책을 읽을 힘이 생기고, 함께하기에 든든하다는 점도 놓칠 수 없다.

밴드 운영의 단점이라면 자유롭게 각자가 읽고 싶은 책을 읽는지라 깊이 있는 소통이 어렵다는 점이다. 이를 해결하기 위해 매월 지정 독서를 정해 같은 책을 읽기 시작했다. 원하는 사람들만 마지막 주 금요일에 독서 토론을 진행하고 있다. 한 달에 한 번이지만, 같은 책을 읽고 이야기를 나누자 더 가깝고 끈끈해지는 느낌이 들었다. 매달 우리의 토론은 감사와 행복으로 다음을 기약하며 마무리된다. 같은 책을 읽는 것은 그 자체로 유대감을 높이기에 정말 좋은 행위다. 또 책 읽기의 편식을 방지할 수 있다. 늘 보던 장르의 책만 읽다가 지정 독서 모임을 통해 새로운 분야에 도전하게 되었다. 잘 몰랐던 작가를 만나게 되는 즐거움까지!

독서가 저자와 독자 단둘의 대화라면, 독서 모임은 함께 하는 여러 사람과의 소통이다. 먼저 책을 읽으며 자기 생각을 정리하고 삶의 전반을 돌아본다. 둘만의 충분한 대화를 즐긴 후 독서 모임 멤버들과 책 이야기를 나눈다. 생각지도 못했던 여러 관점과 생각들을 접하게 된다. 제3의 시각으로 새로움을 발견함으로써 독서 경험이 더욱 풍부해지는 것이다. 서로의 생각을 공유하며 사고의 폭을 넓히는 것은 독서 모임의 큰 장점이다.

때론 이해가 되지 않거나 별 감흥이 없었던 책이 독서 토론을 거치면서 굉장히 의미 있는 책으로 다가오기도 한다. 서로가 준비해 온 질문과 생각거리에 답하다 보면 책이 우리 삶과 세상 밖으로 확장된다. 같은 책을 읽고도 이렇게 다양한 생각을 할 수 있다는 것에 놀란다. 그 어떤 생각도 '틀린' 것이 아니라 '다른' 것일 뿐임을 알게 되고, '당신도 옳다.'는 공감 능력을 키워 간다.

독서 모임을 통해 나누었던 대화들은 일상적인 관계도 변화시킨다. 시댁이나 아이들 학원 걱정에서 벗어나 책에 관한 이야기를 나눌 사람들을 찾게 되는 것이다. 꼭 책이 아니더라도 다큐멘터리나 영화 등을 보며 얻게 된 통찰을 나누면서 서로에게 좋은 자극을 준다. 아이들이 놀이터에서 노는 사이 동기부여가 되는 만남이 늘어나고 함께 성장함을 느낀다.

요즘은 온라인으로 진행되는 독서 모임이 많다. 줌과 같은 화상 회의뿐만 아니라 카톡 등 채팅방을 이용한 독서 모임도 늘고 있다. 나도 동네 엄마 독서 모임은 오프라인에서 만나지만, SNS 독서 모임은 100% 온라인으로만 진행한다. 밴드에서 진행하는 독서 모임은 화상 회의도 아닌 댓글과 채팅방만을 활용한다. 내가 운영 중인 '함성독서'는 매일 책을 읽고 본인의 SNS에 게시글을 올려 인증하는 방식으로 독서 습관을 기르는 챌린지다. 온라인 공간에서도 매일 꾸준히 읽고 기록을 남기며 충분히 삶에 활력과 기쁨을 느낄 수 있다.

혼자 읽기에 어려움이 있다면 독서 모임에 문을 두드려 보자. 함께 성장하는 독서의 힘, 그 막강함을 몸소 경험하게 될 것이다. 삶의 활력소가 되어 줄 마음에 맞는 책 친구를 사귀는 건 덤이다!

소중한 가족과 함께 읽기

> ❝
>
> 거울을 마주하면 당신 자신의 얼굴을 볼 수 있을 뿐이지만
> 당신의 아이를 마주하면 마침내 다른 모든 이들이
> 어떻게 당신을 보아왔는지 알 수 있다.
>
> 다니엘 래번
>
> ❞

육아를 하며 1일 1독을 하는 것이 쉽지만은 않았다. 그냥 흘려보내는 시간이 없도록 계속해서 온종일 날을 세웠다. 온전한 나만의 시간을 갖기 위해 애썼고 분초를 아껴 가며 읽고 썼다. 그러다 어느 순간 이런 생각을 하고야 말았다. '결혼 따위 하지 않았다면, 아니 아이라도 낳지 않았다면.' 그러다 화들짝 놀랐다. '그래도 남편과 아이들이 있어서 얼마나 좋아. 나쁜 생각 그만!' 마음이 갈대처럼 흔들렸다. 독박 육아를 하고 있는 내 처지

가 황당하고 한탄스럽다가도 책을 읽을 수 있는 시간에는 감사하고 행복해했다. 어쩌면 그동안 나는 책 속에서만 행복했는지도 모르겠다.

어느 날 아침, 둘째가 눈을 비비며 다가왔다.
"엄마, 엄마는 이 세상에서 책이 제일 좋지?"
책을 읽다 말고 깜짝 놀라서 아들을 쳐다봤다.
다음 날은 첫째였다.
"와~! 오늘 반 친구들이랑 축구 하는 날이네!"
"엄마 내가 없는 게 좋지? 책 많이 볼 수 있어서."
가슴인지 배인지 모를 안쪽 어딘가가 마구 따끔거렸다. 이틀 연달아 이런 말을 들어서인지 위염이 심해져서 그런 건지.

그 누구보다 엄마가 행복해야 한다고 생각하며 달려왔다. 육아보다 엄마의 독서가 우선이라 생각했다. 내가 책을 읽으면 덩달아 책을 뽑아 들고 오는 아이들을 보며 뿌듯했다. 잘하고 있다 생각했다. 그런데 아이들 눈에 책'만' 좋아하는 엄마로 보였나 보다.

휴독을 선언했다. 코로나 4차 대유행으로 아들의 줌 수업을 곁에서 도와야 했고, 덩달아 건강검진 결과도 좋지 않았다. 독서 모임과 소셜미디어에 공개 선언을 하고 단체 채팅방에서도 모조리 나왔다. 이렇게 하지 않으면 또 꾸역꾸역 책을 붙잡고 있을 것 같아서 단호하게 끊기로 한 것이다. 1일 1독 9개월 차였다. 남편에게 한 달간 책을 읽지 않겠다고 말하며 펑펑 울었다. 지금 생각하니 그게 울 일인가 싶지만, 그 땐 그렇게도 눈물이 났다. 그간의 노력과 시간들이 물거품이 되는 것 같아 아까웠고 알 수 없이 불안했다. 그 때 다 괜찮으니 원하는 대로 하라고 도닥여 주던 남편이 "다독했으니 다상량[ii]이 필요할 거야."라고 말해 준 덕에 마음 편히 휴독을 즐길 수 있었다.

중간에 슬럼프가 오거나 두통 때문에 잠시 책을 놓은 적은 있지만 이렇게 길지는 않았다. 초조한 시간들이 지나자 어느새 책을 읽지 않는 일상에도 적응이 되었다. 동네 뒷산도 가고 아이와 뒹굴며 영화도 보고 보드게임도 했다. 세끼를 챙겨 먹어야 했는데 어느 날은 배달도 시키지 않고 종일 지지고 볶으며 요리에 심취하기도 했다. 하루걸러 김밥을 싸고 건강한 먹거리를 고민하며 처음으로 백김치도 담아 보았다. 남편과도 두런두런 이야기를 나누다 손을 꼭 잡고 잠들었다가, 아침에 눈 뜨면 또 이야기를 이어 갔다.

---

ii) 많이 헤아려서 생각함.

분명 아프고 힘든 하루하루를 책으로 버텼는데 이젠 책이 없어도 살만했다. 오히려 부유하던 생각들이 차분히 가라앉고 덩어리진 감정들이 정리되는 느낌이었다. 그동안 하루에 1권씩 읽기만 했지 내 마음을 느긋하게 보살필 시간은 없었던 거다. 휴독기를 거치며 저자의 생각이 아닌 내 생각을 정리할 시간이 생겼다. 오로지 나만 안타깝고 내 인생만 보였는데, 어느새 곁에 있는 가족과 일상의 소중함을 알게 되었다.

독서로 쌓아온 것들이 나의 일상과 어우러져 조화를 이루기 시작하자 독서와 삶에 균형이 찾아왔다. 계획했던 것보다 조금 이른 휴독기를 마치고 다시 읽고 쓰는 삶을 영위 중이다. 이제는 독서 달력에 구멍이 뚫려도 개의치 않는다. 그편이 훨씬 더 인간적이라 생각하며 한결 편해진 1일 1독을 이어 간다.

가족 독서 이야기

1) 독서 환경 조성

매일 저녁 8시 15분 알람이 울린다. 가족 독서 시간을 알리는! 두 아들은 곧장 책장으로 향한다. 큰 고민 없이 한 아름의 책을 뽑아 들고 거실 책상으로 모여든다. 거실에 TV를 없애고 책장을 들였을 때 정확히 이 모습을 상상했다. 허리가 아프기 시작하면서 소파 대신 의자에 허리를 받쳐 주는 보조 의자를 올렸다. 소파를 내보내고 거실 한가운데 커다란 책상을 두었다. 남편도 TV 없는 삶에 익숙해져서인지 거실 서재화에 적극적으로 찬성했다.

꼭 거실에 책상을 둘 필요는 없다. 식탁에 둘러앉거나 소파 주변에 모여도 상관없다. 가족이 누구 하나 TV를 보거나 게임을 하지 않고 모두가 얼굴을 마주하고 모일 수 있는 장소와 시간이 주어지면 좋겠다. 아직은 엄마 아빠가 아이에게 책을 읽어 줘야 하지만 언젠가는 그 시간에 각자의 책을 읽을 수 있도록 습관을 만드는 것이다. 온 가족이 같은 책을 읽고 이야기를 나누는 독서 토론의 씨앗을 뿌릴 수도 있다. 핵심은 독서 시간을 마련하는 것이다.

2) 책 이야기 나누기

최근 두 아이는 전래 동화에 푹 빠졌다. 그 책의 말미에는 등장인물들의 생각을 적은 '입장 동화'가 있다.[23] 아이들은 입장

동화를 굉장히 좋아한다. 〈은혜 갚은 까치〉를 읽은 후, 구렁이의 입장을 듣고서 "그러게. 그냥 쫓아내면 되지. 선비가 구렁이를 죽인 건 좀 심했어."라며 맞장구를 치기도 한다. 아빠, 엄마, 두 아이 모두 생각이 다를 때가 많아 서로의 입장을 들어 보는 시간이 참 즐겁다.

《자유론》[24]을 쓴 존 스튜어트 밀의 아버지 제임스 밀은 '홈스쿨링'으로 아들을 교육시켰다. 특히 독서 교육이 인상 깊었다. 그는 아들과 전날 읽은 책을 주제로 끊임없이 대화를 나누었다고 한다. 덕분에 존 스튜어트 밀은 생각의 폭이 넓어졌고 존경받는 철학자가 되었다. 자신의 의견을 자유롭게 말해 보는 경험은 중요하다. 학교에 가면 국어 교과서에 온통 "생각과 느낌을 적어 보세요."라고 적혀 있다. 가족 독서 후 대화의 장을 마련하면 자신의 생각과 느낌을 표현하는 연습의 기회가 될 것이다.

3) 잠자리 독서

낮이 긴 계절에는 독서 알람이 울리지 않는다. 아이들이 저녁을 먹고 다시 나가 깜깜해질 때까지 실컷 놀다 들어오기 때문이다. 그때는 거실이 아닌 잠자리 독서로 장소가 바뀐다. 아이들은 잘 준비를 마치고 2층 침대에 각자 눕는다. 물론 침대 옆에 책을 쌓아 두고 간다. 나는 책 옆에 누워 아이들에게 책을 읽어 준다. 간단히 소감을 묻기도 하고 그냥 오늘 하루 있었던 일에 대해 이야기를 나누기도 한다.

사실 잠자리 독서의 핵심이 여기 있다고 생각한다. 아이들과의 하루 일과를 나누는 것. 이 시간이 얼마나 귀한지 맞벌이 부모들이라면 특히 공감할 것이다. 학교와 학원을 돌고 들어온 아이들과 지친 엄마 아빠, 겨우 밥을 먹고 자기 바쁜 현실 아닌가. 이 때 저녁 식사 후 뒷정리 시간을 포기하더라도 아이들과 책한 권 꺼내 들고 이야기 나누는 시간을 택하라고 말하고 싶다. 물론 나도 처음엔 쉽지 않았다. 식사 후 바로 설거지를 해야 한다는 강박 때문에. 이제는 마음이 제법 편해져서 다른 곳에서는 몰라도 우리 집에서만큼은 가족 독서가 우선이다.

4) 포스트잇 독서 편지

책을 읽고 포스트잇 메모를 활용하는 방법도 좋다. 책 속 한 구절을 포스트잇에 쓰고 냉장고나 방문 등에 붙여 둔다. 1학년이 된 아들이 학교에 가기 무서워할 때면 관련 책들을 읽고 도움이 될 만한 구절을 써서 보여 주었다. 어떤 날은 아예 포스트 잇에 편지를 써서 필통에 넣어 두기도 했다. 아이가 별 반응이 없어서 어디 버렸나 했는데. 어느 날 보니 2층 침대 구석진 가드에 내가 적어 준 포스트잇들이 주르륵 붙어 있었다.

아무 것도 모르는 8살 꼬마인 줄 알았는데 아이도 본인에게 필요하고 소중하다고 생각하는 건 간직할 줄 아는 지혜로움이 있었다! 아이들은 생각보다 참 빨리 자란다. 아들들과 살 부비며 책을 읽을 시간도 얼마 남지 않았다는 생각이 든다. 엄마 책이든 아이 책이든 상관없다. 오늘의 한 줄을 뽑아 포스트잇에 적어 보자. 시작 혹은 말미에 아이의 이름을 적기만 하면, 훌륭한 사랑의 편지가 될 것이다.

5) 즐거운 경험으로서의 독서

가족 독서라는 게 꼭 어떤 형식이나 시간을 맞출 필요는 없다. 대개의 부모님들은 조바심을 낸다. 아이가 책의 내용을 잘 파악했는지 살피기 바쁘다. 제대로 이해를 못 한 것 같으면 이러저러해서 그러저러하다고 열심히 설명을 덧붙인다. 그러나 우려와 달리 대부분의 아이들은 그 나름대로 받아들일 것은 받아들

이고 즐길 것은 즐긴다. 나이에 따라 다르겠지만 유아의 경우 즐
겁게 읽는 것만으로도 충분하다.

중요한 것은 책의 내용을 정확하게 이해하는 것이 아니다.
가족 독서를 통해 서로 간의 유대 관계를 쌓고 몰입감을 경험
하며 독서 습관을 기르는 것이다. 다양한 영상 매체와 즐길거리
가 가득한 요즘에, 책을 손에 쥐기란 쉽지 않다. 하지만 독서력
은 결국 교과서를 이해하고 학교생활을 해내는 데 가장 기초 기
본이 되는 능력이다. 10년 넘게 초등학교 현장에서 아이들을 가
르치며, 책을 많이 읽는 아이들이 학습뿐 아니라 학교생활 전반
에서 어려움을 겪지 않는다는 걸 무수히 봐 왔기에 독서는 결코
놓칠 수 없는 영역이다.

6) 기꺼이 읽어 주기

대개의 부모들은 아이가 어릴 때는 두뇌를 틔우고 말문을 열
어야 한다며 열심히 책을 읽어 준다. 그러나 혼자 책을 읽을 수
있는 무렵, 빠르면 초등학교 1학년 늦어도 3~4학년부터는 책이
란 혼자서 읽어야 하는 것으로 생각한다. "이제 한글도 뗐는데
혼자서 책 읽을 수 있지?" 별 무리 없이 책 읽기를 즐긴다면 다

행이지만 대부분의 아이들은 곤욕스러움을 감출 길이 없다. 갑작스레 줄어드는 그림과 많아진 글밥에 당황하여 책을 점점 멀리하는 것이다. 어렸을 때는 그렇게 책을 잘 읽던 아이들이 어느새 "책 좀 읽어!"라는 말을 듣게 되는 경우가 허다하지 않은가? 《하루 15분 책읽어주기의 힘》[25]을 읽으면 그 실마리를 발견할 수 있다.

> "듣기와 읽기 수준은 중학교 2학년 무렵에 같아진다. 그전까지는 읽는 것보다 더 높은 수준의 것을 듣고 이해할 수 있다. 즉 아이들이 혼자서 읽을 때에는 이해하지 못할 복잡하고 재미있는 이야기도 들어서는 이해할 수 있다."[iii]

초등학교 5학년 담임을 맡았을 무렵 독서력의 차이가 무척 큰 것을 알고 고민하다가 이 책을 읽게 되었다. '12살이나 되었는데 당연히 혼자서 책을 읽어야 하는 거 아니야?'라던 내 생각이 바뀌는 계기가 되었다. 꽤 두꺼워진 책을 처음부터 끝까지 야금야금 나누어 일정 분량씩 매일 읽어주기도 하고, 어떤 책은 앞부분만 읽어주기도 했다. 뒷이야기가 궁금해 못 견디겠다며 주말에 책을 빌려가기도 하고 쉬는 시간에 혼자 책을 읽기도 했다. 아이

---

iii) 《하루 15분 책읽어주기의 힘》, 짐 트렐리즈 지음, 북라인, 99쪽

에게 책을 읽어주는 행위는 "이 책 재미있어~"라고 광고하는 것과 같다. 대기업들이 "이제 우리 제품은 유명하니 광고를 그만해야겠어!"라며 광고와 마케팅비를 줄이는가? 아니다. 계속해서 광고는 업그레이드된다. 책도 마찬가지다. 아이에게 책의 재미를 알리고 싶다면 계속해서 기꺼이 읽어주자. 적어도 읽고 이해하는 것과 듣고 이해하는 것의 수준이 같아지는 14살까지!

다 큰 아들 곁에서 책을 읽어 주고 있는 내 모습이 선뜻 떠오르지 않는다. 사춘기가 없다는 유대인 교육법의 핵심인 '대화'를 떠올리며 아이들과 함께 책을 읽고 서로의 생각과 고민을 나누는 시간을 꼭 확보하겠다고 다짐한다. 사춘기의 방황을 책과 가족의 사랑으로 부드럽게 넘겨 낼 수 있기를 바라며 가족 대화 팁을 실어본다.

가족 대화 팁

세계 1% 인재를 만드는 유대인 자녀 교육의 핵심은 '밥상머리'[26]에서 나온다. 온 가족이 둘러앉아 스마트폰은 내려놓고 서로 눈을 맞추고 대화를 나누는 것이다. [27)]하버드 의과대학에서 식습관에 관한 연구를 실시한 결과, 가족 식사 시간에 이루어지는 대화를 통해 아이들은 안정감을 느끼고 어휘력 또한 10배나 높았다고 한다. 가족 대화는 아이의 언어 능력이 향상되는 것을 도울 뿐 아니라 자존감을 높여 준다. 누군가와의 대화 속에 존중과 공감을 주고받는 것은 아이들에게 중요한 경험이다.

막상 가족 대화가 중요하다고 하지만, 우리가 나누는 대화의 내용은 한정적이다. "오늘 학교에서 무엇을 배웠니? 점심엔 뭘 먹었니? 재미있었니?"라고 물어보는 게 고작이다. 이럴 때 '책'을 매개로 한 가족 대화는 그 폭과 내용이 넓어지는 이점이 있다. 처음부터 책을 들이밀며 읽어보고 이야기 나누자고 등 떠밀기보다 아이가 익히 들어 잘 알고 있는 옛이야기를 들려주고 대화를 시도해보자.

가족 독서나 대화는 고사하고 아예 책 자체를 거부한다면? 책 높이 쌓기, 책 도미노 놀이 등으로 '책'과 친해지는 것이 먼저다. 블록 쌓기 놀이를 하다가 "〈아기 돼지 삼형제〉에 나온 막내 돼지처럼 늑대가 와도 끄떡없는 튼튼한 집을 지어 보자."라고 제안할 수도 있다. 부루마블 보드게임을 좋아한다면 놀이 후 세계 지명이 나오는 책으로 연결한다. "아까 ○○ 나라 땅 샀잖아? 거기는 우리나라랑 가까울까? 어떤 언어를 사용하고 주식으로 어떤 음식을 먹는지 궁금하다. 같이 한번 찾아보자." 책 속에 나오는 놀이를 하거나 음식을 먹는 것도 좋다. 놀이를 통해 몸이 열리면 마음도 열리게 되어 자연스럽게 대화의 장이 펼쳐질 것이다.

제3장

책에 대한 이런저런
궁금증을 나누니

책은 손닿는 곳에 두어야 한다

> ## 66
>
> "무엇이거나 좋으니 책을 사라.
> 사서 방에 쌓아 두면 독서 분위기가 만들어진다."
>
> 제세 리 베네트
>
> ## 99

책을 쌓아 두고 바라보는 것을 적독(積讀)이라 한다. 그동안 나는 책을 사 놓고 읽지 않는 것을 한심하게 여겼다. 다 읽지도 않았는데 새 책을 또 사들일 때면 죄책감이 들기도 했다. 그런데 적독으로 지적 능력이 향상된다는 연구 결과가 나왔다. 호주 국립대 사회학과, 미국 네바다대 응용통계학과와 국제 통계 센터 공동연구진이 시험을 앞둔 성인남녀 십육만 명을 대상으로

한 연구이다.[i]

연구진은 아동기와 청소년 시절, 집에 책이 얼마나 있었는지 등을 묻는 환경 설문 조사를 했다. 그 결과 책이 많았던 집에서 자란 성인들의 언어, 수학, 컴퓨터 활용 능력이 뛰어나다는 것이 밝혀졌다. 학창 시절 학업성취도 또한 집안의 장서 규모와 정비 례함이 확인된 것이다. 대개 책의 양은 80~350권 이상이어야 학업 성취도에 영향을 미치며, 그 책을 모두 읽지 않고 그냥 책이 많이 있었다는 기억만으로도 인지 능력이 향상되었다.

가수 이적의 엄마이자 세 아들을 서울대에 보낸 것으로 유명한 여성학자 박혜란 작가의 책[28])에 이런 내용이 나온다. 한창 아이들이 자랄 때 거실 가득 책을 쌓아 두고 마음 가는 대로 읽거나 놀게 했다는 것이다. 책을 책장에 꽂아 두는 것과 테이블이나 바닥 등에 아무렇게나 놓아둔 것이 어떤 차이가 있을지 궁금했다. 어느 날 아이들이 잘 읽지 않는 책을 처분하기 위해 거실 한쪽에 쌓아 두었다. 두 아들이 조용하여 살펴보았더니, 쌓아 둔 책 곁에 앉아 한 권씩 꺼내 읽고 있었다. 책꽂이에 있을 때는 쳐다보지도 않았던 책인데 말이다.

---

i) 유용하, 책 안 읽고 쌓아두는 것만으로도 생기는 놀라운 효과, 서울신문, 2018. 10. 17. https://www.seoul.co.kr/news/newsView.php?id=20181017500083

그때부터 아이들이 읽었으면 하는 책이 있으면, 방이나 거실 한편에 쌓아 두기 시작했다. 신기하게도 아이들은 그 책들을 그냥 지나치지 않았다! 책장 가득 책을 꽂아 두는 것을 넘어서 거실 테이블, 침대 옆 탁자, 식탁 등 곳곳에 책을 쌓아 두기 시작했다. 책을 쌓아 두는 것에 엄청난 명분이 생긴 것이다. 책장에 꽂혀 있을 때는 거기 가서 책을 골라 와야만 읽을 수 있다. 그런데 여기저기 책을 두니 그냥 손닿는 대로 책을 읽게 되었다. 물을 마시다가도 화장실에 가서도 스윽 펼쳐 본다. 아이들도 마찬가지다. 소파에 앉았다가 옆에 책이 쌓여 있으니 자연스럽게 읽기 시작했다.

독서 습관을 기르기 위해 적극적으로 집안 곳곳에 책을 세팅할 필요가 있다. 침대 옆에는 잠들기 전에 볼 수 있는 짧은 글로 이루어진 에세이집을 둔다. 소설은 뒷이야기가 궁금해서 잠 못 드는 경우가 많아 자기 전에는 읽지 않기로 했다. 대신 편하게 이야기에 몸을 맡기고 싶을 때 거실 벤치에서 펼쳐든다. 각잡고 조용히 앉아 집중할 수 있는 서재 책상 위에는 경영 경제 서적이나 철학책을 얹어둔다. 화장실에는 너무 오래 머무르지 않도록 이미 읽었던 책이나 시집을 펼치고, 직장에는 업무나 수업과 관련 책을 놓는다. 장소에 따라 주제나 장르를 다양하게 하여 손닿는 모든 곳에 책을 두는 것이 핵심이다.

TV 리모컨은 멀리 두어도 어떻게든 가져와서 본다. 그러나 책은 멀리 있으면 읽기가 쉽지 않다. 최대한 가까운 곳에 언제든 눈길 가는 곳에 있어야 한 번이라도 펼쳐들게 된다. 아무리 책을 여러 곳에 벌려놓아도 TV가 종일 켜져 있다면 말짱 꽝이다. 독서의 시작은 분위기 조성에서 시작된다. 독서 습관을 기르고 싶다면 집안 곳곳에 책을 놓아둔 상태에서 TV는 잠시 꺼 두자. 그리고 손닿는 모든 곳이 책장이라는 생각으로 여기저기 책을 놓아두자. 책이 쌓이는 것을 두려워하지 말자. 책과 함께 어지러이 노니는 삶을 기꺼이 즐길 수 있어야 한다.

김영하 작가가 한 예능 프로그램에서 이런 말을 했다. "책은 읽을 책을 사는 게 아니라 산 책 중에 읽는 것이다." 책을 다 읽기도 전에 또 다른 책을 사고야 마는 나로서는 굉장히 신선하고 공감이 가는 말이었다. 소장하고 있는 책은 당장에 읽지 않더라도 언젠가 읽게 된다. 읽고 싶은 책이 있으면 옆에 쌓아 두자. 자주 눈도장을 찍다 보면 언젠가 손을 뻗어 만나게 될 날이 온다. 바로 그 날 독서의 역사가 새롭게 쓰일 것이다. 한 번, 두 번, 독서의 참 맛을 알게 되는 순간 우리는 읽는 사람으로 거듭난다.

누구에게나 마음의 안식처가 필요하다

대체로 아이를 키우는 집에 가면 엄마 책을 찾기가 쉽지 않다. 나도 아이들이 어릴 때 전집으로 책장을 꽉꽉 채우다 보니 내 책들은 자리를 내줘야만 했다. 이제 와 돌이켜 보니 헌책방으로 보내버린 손때 묻은 그 책들이 그립다. 잔뜩 그은 밑줄과 메모들이 궁금하다. 그 시절의 나를 만날 수 있는 시간을 버린 것만 같다. 요즘은 내 책들을 웬만해선 함부로 버리지 못한다. 이제는 아이들 책보다 내 책이 더 많아져 책장을 새로 들였다.

집안 곳곳에 책을 놓아두는 것도 좋지만 메인이 되는 책장을 마련하는 것도 필요하다. 나는 아이들과 내 책을 분리했다. 거실에 커다란 책상과 아이들 책을 꽂은 책장이 있다. 그리고 작은 방 하나를 남편과 나의 서재로 삼고 책장을 나눠 사용하고 있다. 책을 정리하는 방법은 여러 가지가 있지만, 개인적으로는 주제별로 꽂았을 때가 가장 보기 좋았다. 발표할 일이 생기면 같은 칸에 꽂아 둔 스피치 책들을 보고, 기분이 처지거나 마음이 슬플 때는 자존감 관련 에세이나 심리학 서적을 꽂아 둔 칸을 살핀다.

학창 시절 한 선생님이 "공부하다 책 베고 자야지."라고 하신 말씀을 이해하기 힘들었다. 침대에 잠시 누웠다가는 허무하게 다음 날을 맞이하는 수가 있으니 불편하게 자고 다시 일어나 공부를 이어가라는 말씀이셨다. 엄마가 되고 나 홀로 시간이 간절해지자 책을 베고 잠든다는 말이 다르게 다가왔다. 내가 좋아하는 책으로 둘러싸인 공간에서 한없이 일고 또 읽다 잠깐 책을 베고 잠이 드는 것. 상상만 해도 행복한 일이다.

본인이 좋아하는 것들로 가득한 공간은 분명 자기 마음의 안식처다. 누구에게나 그런 곳이 필요하다. 모든 물건은 제 마다 어떤 기운을 가지고 있다고 생각한다. 책은 저자 뿐 아니라 편집과 출판까지의 과정에서 많은 이들의 노고와 지혜가 스며있다. 그래서일까? 책이 많은 장소에 가면 늘 벅찬 감동을 느낀다. 아이들의 공부방을 꾸며 주고 책장 가득 전집을 꽂아 주듯 부모에게도 나만의 오롯한 장소가 필요하다. 그날그날 필요에 따라 안식과 지혜를 안겨 줄 책들로 가득 채운 곳이라면! 책을 많이 읽지 못하더라도 그 공간에 있는 것만으로 위안을 받을 수 있다.

집안 곳곳에 책을 놓아두는 것도 잊지 말자. 손닿는 곳 어디라도 책이 있어야 한다. 책과 내가 이어질 수 있는 최적의 환경

을 마련하는 것이다. 어쩌다 펼친 책의 한 페이지에서 하루의 고
단함을 잊을 수 있다. 문득 삶의 깨달음을 얻을지도 모를 일이
다. 손닿는 모든 곳에 책이 함께하길!

어떤 책을 읽어야 하나요?

❝

식욕이 없는데도 먹으면
건강에 좋지 않은 영향을 미치는 것과 마찬가지로
욕망이 일지 않는데도 책을 읽는다면
오히려 두뇌에 좋지 않고 기억에도 남지 않는다.

레오나르도 다 빈치

❞

"어떤 책을 읽어야 하나요?"

무슨 책을 읽을지가 고민이라는 분을 종종 만난다. 나도 가끔 책 앞에서 고민한다. 읽고 싶은 게 너무 많아서 뭐부터 읽을지 고민될 때가 있다. 하지만 위의 질문을 주신 분은 정말로 어떤 책부터 읽기 시작해야 할지 몰라서 물어보신 거다. 이럴 때는 가까운 도서관이나 서점에 가 보시라고 한다. 집에도 분명 읽으려고 사 두었음에도 읽지 않은 책이 있을 테지만, 이상하게 손이 가지 않는다. 그동안 실패의 경험이 녹아 있기 때문이다. '저 책, 한두 장 읽다 졸려서 덮었는데 이번엔 읽을 수 있을까?' 나도 모르게 걱정부터 앞선다. 그런 마음으로는 책을 읽기 힘들다. 아마도 똑같은 일이 반복될 것이다.

정말 책을 읽고 싶다는 마음이 들었을 때는 무작정이라도 좋으니 책이 많은 곳으로 떠나 보자. 역시 서점이나 도서관이 좋겠다. 요리나 역사 등 평소 관심 있는 분야로 향한다. 가는 길에 베스트셀러나 신간 등이 눈에 들어온다면 뒤적여 봐도 좋다. 간혹 베스트셀러를 읽지 말라고 하는 사람들도 있다. 하지만 책을 보는 안목이 어느 정도 쌓여야 좋고 나쁨을 분별할 수 있다. 그 전까지는 무조건 읽어 보는 수밖에 없다. 베스트셀러라고 무조건 비판할 까닭도 없다. 독서에 익숙하지 않은 독자라면 베스트셀러는 독서력을 기르고 다독으로 이어지는 트리거가 되어 줄 것이다.

베스트셀러는 많은 사람에게 팔린 만큼 확실히 대중적이고 읽기가 편하다. 대신 특정 장르에 치우쳐 있거나 전달하고자 하는 메시지가 비슷하다는 느낌을 받게 된다. 그때까지다. 그 정도로 독서력이 올라올 때까지. 그즈음이면 아마 읽고 싶은 책들이 생길 것이다. 특정 작가의 책일 수도 있고, 소설에 꽂혀 다양한 작가의 책을 섭렵할 수도 있다. 그렇게 책을 읽어 나가면 인문고전에 관심이 생기고 자기도 모르게 다양한 장르의 책을 찾게 될 것이다.

책을 보는 안목이 길러지면 자연히 균형 잡힌 독서로 이어진다. 최근 한 소설책에서 다자 우주 이론이 나왔다. 나는 그 내용이 궁금해서 집에 있는 오래된 과학 분야 책을 기웃거렸다. 필요한 부분만 발췌해서 읽긴 했지만 관심사가 확장된 것만은 분명하다. 10년째 꽂혀 있기만 했던 책이 빛을 보다니.

물론 특정 장르에 더 손이 갈 수도 있다. 나는 역시 '성장'에 초점이 맞춰진 사람이라 자기계발서가 좋다. 똑같은 메시지인데 왜 자꾸 읽느냐 해도 어쩔 수 없다. 친숙함 속에 다르게 다가오는 놀라움이 늘 존재하기 때문이다. 조금 가볍게 읽고 싶을 때는 청소년 소설을 읽기도 한다. 잊고 있었던 학창 시절의 고민과 갈등들을 되돌아보면 아이들의 마음을 이해하는 데 도움이 된다. 내 마음속 내면 아이를 발견하고 치유하는 시간을 갖기도 한다.

누군가는 책에도 레벨이 있고, 시작하기 좋은 책이 있다고 말한다. 일상생활과 밀접한 관련이 있는 책을 읽으면 바로 실천으로 옮길 수 있고 삶의 변화를 바로 체감하게 되어 끝까지 책을 읽게 된다는 것이다. 예를 들면 한창 유행하는 '미니멀 라이프' 관련 책을 읽고 열심히 비우기를 시도하시는 분을 본 적이 있다. 어제는 주방 싱크대 상부장, 오늘은 하부장, 다음 날은 구급약 보관함. 차례차례 집을 정리하고 변화하는 모습을 보는 재미에 책을 계속해서 읽게 된다. 하지만 도통 정리정돈에 관심이 없는 사람이라면? 그 책은 무용지물이다.

결국 책을 선정할 때 가장 중요한 것은 본인의 관심사다. 요즘 부쩍 요리가 재미있다면 관련 책을 사서 하나씩 도전해 보고 블로그에 올려보는 방법도 있다. 〈줄리&줄리아〉라는 영화를 인상 깊게 보았다. 작가의 꿈을 가진 공무원 여성이 현실과 꿈의 간극 사이에서 괴로워하다 요리라는 취미 생활을 갖게 되는 내용이다. 그녀는 남편의 추천으로 1년 동안 줄리아의 요리책을 하나씩 따라 하고 블로그에 기록하게 된다. 놀랍게도 그 1년의 여정 끝에 줄리는 원하던 작가의 삶을 살게 된다. 이야기가 조금 멀리 간 느낌이지만, 중요한 것은 본인의 마음을 따라가라는 것이다.

내 마음에 들어오는 책을 그냥 읽으면 된다. 필독서나 추천 도서 따위가 아니라. 내가 지금 당장 한 페이지라도 열어서 읽어 봤더니 기분이 좋아지는 책, 계속해서 읽고 싶은 책. 그런 책을 읽기 바란다. 어떤 일이든 즐거워야 오래간다. 누군가에게 줄 선물을 고르듯 가장 사랑하는 나에게도 관심을 갖고 책 선물을 해 보자.

두드리면 열릴 것이다

책을 읽고 싶은데 여전히 망설이고 있다면, 자기 주변의 독서가를 찾아보자. 나는 아이들이 놀이터에 갈 때 항상 책을 들고 간다. 아이 친구의 엄마를 만났을 때 그 책으로 인해 이야기꽃을 피우기도 한다. 어떤 날은 나보다 더 책을 좋아하는 분을 만나기도 한다. 그러면 서로의 집에 초대를 하며 책을 빌려주고 빌려 가는 일이 자연스러워진다. 다음에 만났을 때도 책 이야기를 이어 갈 수 있다. 덕분에 내가 몰랐던 좋은 책들을 만나게 된다.

솔직히 처음에는 책을 들고 놀이터에 나가는 게 어색했다. 하지만 습관이 참 무섭다. 어느새 놀이터 독서 경력 3년! 이제는 혼자 벤치에 앉아 책을 읽는 게 아무렇지도 않다. 당연한 일상이 되어 버렸다. 덕분에 엄마 독서 모임을 만들기도 했으니까!

자꾸자꾸 물어라. "요즘 무슨 책 읽으세요? 관심사가 무언가요?" 오랜만에 만난 친구나 친척들에게도. 시시콜콜한 일상 이야기를 넘어 조금 더 깊은 이야기를 나눌 수 있다. 사람들은 누구나 자기 이야기를 즐긴다. 기쁨을 나누면 배가 되고 슬픔을 나누면 반으로 줄어든다는 말이 있듯이. 좋은 대화로 서로에게 힘이 되어줄 수 있다. 누구의 험담이나 세상에 대한 무조건적인 비판보다 좋아하는 책이나 영화, 혹은 상대방에 대한 작은 칭찬으로 이야기를 채워보자. 각자의 가치와 인생사가 녹아난 깊이 있는 이야기가 오갈 것이다. 관계가 더욱 돈독해지는 건 당연한 수순이다.

좋은 책을 추천받았다 하더라도 본인이 싫으면 어쩔 수 없다. 평안 감사도 저 싫으면 그만인 것을. 그러나 살다보면 뜻밖의 행운이 생기기도 하듯이, 우연히 만나는 책이 가져다주는 예상 밖의 기쁨이 있다. 그러니 마음의 문을 열고 어디를 가든 책을 들고 다녀라. 그 책이 또 다른 길로 여러분을 안내해 줄 것이다. 오늘도 마음이 이끄는 대로 편하게 읽으시길. 온몸을 내맡기고.

"여러분, 꼭! 하고 싶은 거 하세요!"

방송인 노홍철이 자주 하는 말이다. 재미있게 하고 싶은 거 다 하라는 그의 말이 말처럼 쉽지 않지만, 또 다르게 생각해 보면 안 될 게 뭔가? 'Why not?' 정신이 필요하다. 고전을 읽어야 한다더라, 이 책을 꼭 읽어야 한다더라 하는 프레임에서 벗어나자. 세상만사 구하면 열린다. 내가 고전을 읽고 싶다고 억지로 읽을 게 아니라 아직은 인연이 아닌가 보다 편하게 생각하자. 인연이 되려면 어떻게든 이어지게 마련이듯, 내 책이 되려면 언젠가는 읽게 될 것이다.

물론 지금 당장 고전을 들었는데 거부감이 없다면 읽어도 좋겠지만. 아직 읽기 근육이 붙지 않은 사람에게는 분명 쉽지 않을 것이다. 심지어 번역서나 해설서가 아니라 고전의 원전을 읽으라는 사람도 있다. 힘들게 고민하며 천천히 읽어야 깊이 남는다는 뜻이다. 그러나 마음의 준비도 없이 무작정 뛰어들었다가 책 자체를 멀리하는 수가 생긴다.

출발은 조금 가벼워도 좋다. 책 한 권으로 끝낼 것이 아니라면 쉬운 것부터 차근차근 읽어도 괜찮다는 말이다. 처음에는

200쪽도 안 되는 책을 읽었는데 어느 순간 400쪽도 부담스럽지 않은 날이 올 것이다. 더 나아가 800쪽에 달하는 벽돌 책을 담담하게 읽는 날도 분명 오고야 만다. 본인의 독서력이 성장하는 과정을 마음 편히 즐기길 바란다.

내 마음에 그림책이 들어온 날

> 66
>
> 책을 읽는 요령은
> 눈으로 보고 입으로 소리 내어 읽고 마음에서 얻는 것이다.
> 이 중에서 제일 중요한 것은 마음에서 얻는 것이다.
>
> 주자
>
> 99

집에 책이 도착한 날은 온종일 설렌다. 오롯이 책만 읽으며 살고 싶어진다. 하지만, 책만 읽을 순 없는 노릇이다. 아무리 육아 황금기가 오고, 엄마 혼자만의 시간이 늘었다고 해도 네 식구 먹고사는 데 설거지와 빨래를 비롯한 각종 집안일들은 어쩜 이리도 많은지. 돌아서기 무섭게 할 일이 쌓인다. 요즘은 "오늘은 여기까지만!"을 외치며 집안일을 멈추는 데 조금 익숙해졌다. 머리카락 몇 가닥쯤은 가볍게 무시해 버린다.

책 한 권을 빼 들고 의자에 앉는다. 하지만 나만의 시간은 그리 길지 않다. 신기하게도 잘 놀던 아이들이 슬금슬금 내 곁에 몰려드는 마법 같은 일이 벌어지기 때문이다. 첫째가 한글을 떼고 술술 읽게 되자, 둘째에게 책을 읽어 주게 되었다. 때론 둘이 히히덕거리며 한참을 읽는다. 그러나 아이들은 엄마가 읽어 주는 책이 세상에서 제일 재미있나 보다. 결국엔 "엄마, 이 책 좀 읽어 주세요." 하며 찰싹 달라붙고야 마니까.

예전에는 아이들의 그림책을 의무적으로 읽어 주었다. 별 감흥 없이. 책을 많이 읽어 주고 계속해서 말을 걸어 주어야 두뇌가 발달한다기에 목이 쉬어라 읽어 준 것이다. 그때마다 빨리 더 많이 읽어 주기 바빴다. 그저 아이의 반응을 살피는 데만 온 정신이 팔려 있었다. 이제 졸릴 때가 된 것 같은데? 하품을 하나 안 하나. 전집을 들였다면 재미있어 하나 안 하나. 뭐 그런 것들. 철저히 그림책과 엄마인 나 사이에 벽을 두었다. 그림책은 아이의 두뇌 발달을 위한 것이고, 가끔은 재우기 위한 도구였으며, 독서 습관을 들이기 위한 기초 단계에 해당할 뿐이라고 생각했다. 그러던 어느 날 갑작스럽게 그림책이 내 마음에 후욱 하고 들어왔다.

누가 뭐래도 나는 나야!

《슈퍼 거북》[29]에서 거북이 '꾸물이'와의 달리기 경주에서 진 토끼, '재빨라'의 이야기를 담은 후속작 《슈퍼 토끼》[30]라는 그림책이 새로 나왔다. 재빨라는 생각지 못한 패배에 구경꾼들을 붙잡고 이런저런 변명을 하게 된다. 그러나 구경꾼들은 온통 꾸물이에게만 관심을 가질 뿐, 그 누구도 재빨라의 말에 귀 기울이지 않는다.

재빨라는 애써 괜찮은 척해 보지만 달리기의 '달' 자만 들려도 자신을 흉보는 말인가 싶어 움찔한다. 다른 사람들의 말과 시선에 몹시 지친 재빨라는 다시는 달리기 따위 하지 않겠다고 선언하기에 이른다. 이후 집에 틀어박혀 뛰지 않는 훈련을 시작한다.

그러던 어느 날, 유리창에 비친 병든 토끼가 바로 자신임을 알게 된 재빨라는 무척 놀라며 병원으로 향한다. 그 길에서 우연히 달리기 대회에 휩쓸리고 마는데……. 오랜만에 숨이 턱까지 차오를 만큼 달리고 또 달린 재빨라는 마지막에 이런 말을 내뱉으며 행복한 미소를 짓는다.

"누가 뭐래도 역시 토끼는 달려야 한다니까!"

누구나 인생을 살면서 크고 작은 실수와 실패를 경험한다. "원숭이도 나무에서 떨어질 때가 있다."는 말처럼 자신이 가장 자신 있다고 여겼던 일에서도 실수를 할 때가 있다. 대체로 실수를 받아들이기란 쉽지 않다.

나는 길고 긴 육아 터널 속에 모든 것을 놓아 버리고 싶을 때가 있었다. 아이가 울거나 아픈 것이 꼭 엄마인 내 탓인 것만 같았고, 아이를 두고 일을 하러 나갈 때는 못 할 짓을 하는 것만 같아 죄책감이 일었다. 만 3세까지는 엄마가 아이를 돌보아야 한다는데, 나는 육아를 견디지 못하고 도피성 복직을 하고 말았다. 명색이 교육학을 전공했다는 사람이 이래도 되나 싶게 아이를 다그치고 몰아세우는 날도 많았다.

토끼의 마지막 대사를 읽으며 그 모든 실수와 실패의 나날을 위로받는 기분이었다. '실수는 누구나 하는 거야. 실패해도 괜찮아. 다시 시작하면 되지. 안되면 또 하면 되고. 실수 좀 했다고 내가 나 아닌 다른 사람이 되진 않아. 누가 날 손가락질하고 비난해도 나는 스스로에게 그러지 말자. 그동안 애 많이 썼다.' 그렇게 도닥여 줄 수 있었다.

나를 위로하자 용기가 생겼다. 더는 책을 읽고 글을 쓰는 나를 숨기지 말아야겠다는 생각이 든 것이다. 누가 뭐래도 달리는 토끼처럼, 누가 뭐래도 읽고 쓰는 내가 되겠다고 다짐했다. "네 주제에 무슨 글을 쓴다고?" "그렇게 책만 읽으면 애는 언제 보니?" "애 밥은 제대로 챙겨 주니?" 따위의 말들에 흔들리지 않기로 했다. 나는 하고 싶은 일을 마땅히 즐길 수 있는 자유로운 사람이다.

아이들을 위해 쓰인 그림책에서 인생을 살아가는 데 큰 울림과 조언을 얻게 되다니! 예전과 달리 내 마음 깊숙이 그림책이 콕콕 박히는 느낌이 참 묘하다. 그동안 수백 권의 그림책을 읽어도 아무런 감흥이 없었던 게 더 신기할 노릇이다.

그림책이 아이들뿐만 아니라 어른들에게도 큰 위로와 힘을 준다는 걸 알게 되니 마구 읽고 던져 버릴 수 없었다. 책 속의 그림 하나, 색깔 하나, 짧은 글 하나마다 깊은 뜻이 숨어 있음을 발견하고 전율한다. 이 느낌들을 나누고 싶었다. 그래서 브런치에 〈그림책이 내 마음에 들어온 날〉이라는 제목으로 매거진을 펴내기 시작했다. 그림책을 소개하며 인생의 의미를 찾아가는 시간이다. 그림책이 내 삶에 일으킨 파동이 참 놀랍고 반갑다.

그림책이 내게 새로운 의미로 다가온 까닭을 곱씹어 보았다. 계속해서 어떻게 살 것인지 고민하고, 변화를 간절히 바랐기 때문 아닐까? 그 간절함이 책 속에서 어떻게든 도움이 되는 것들을 찾아내게 만든다. 삶이 더 나은 방향으로 변할 수 있게 돕는다. 책이 아니라 일상의 작은 일에서도 깨달음을 얻을 수 있다. 얻고자 하는 간절함만 있다면!

여전히 무슨 책을 읽을지 고민 중이라면, 다시 아이가 된 기분으로 그림책을 펼쳐 보시길 권한다. 레프 톨스토이의 《세 가지 질문》[31]이 그림책 버전으로도 있다는 걸 알고 무척 놀랐다. 아예 시니어를 위한 그림책이 나오기도 한다. 어른들이 보기에도 충분히 깊이가 있으며, 무엇보다 짧고 재미있어 아이들과 함께 읽을 수 있으니 얼마나 좋은가.

첫째의 긴긴 1학년 겨울 방학 동안 '그림책 하브루타 독서 모임'을 친구들과 함께했다. 그림책을 읽고 부모와 아이가 이야기를 나눈 후 주 1회 친구들을 만나 의견을 주고받았다. 자연스레 아이들의 깊은 속마음을 들여다볼 수 있었고, 부쩍 큰 첫째의 모습에 감탄하기도 여러 번이었다.

조던 스콧의 《나는 강물처럼 말해요》[32]를 읽고 '나는 ○○처럼 말해요.'라고 말하는 시간을 가져 보았다. 그때 첫째의 대답이다.

"나는 씨앗처럼 말해요. 처음엔 씨앗처럼 쑥스러워하다가 싹이 용기를 내어 쑤욱 나오고 풀잎이 쏘옥 피어나듯이 말할 수 있어요. 아직은 발음이 정확하지 않아요. 꽃이 피었어요. 마음을 열어요. 이제 마음을 활짝 여는 열매가 맺혀요. 그러면 나는 또박또박 잘 말할 수 있게 되어요."

본인이 말을 하게 된 과정을 씨앗이 자라는 과정에 빗대어 설명한 것이다. 덩달아 나의 성장도 곱씹어 보게 되었다. 차곡차곡 쌓아 올린 지난 1년 6개월. 모든 순간이 찬란함을 깨닫고 살아 있음에 감사하게 되었다. 독서라는 퍼즐 조각이 '조화로운 삶'이라는 퍼즐을 완성한 것이다. 이 모든 변화와 성장이 기적 같다.

지금 당장 아이의 책장 앞에서 마음에 드는 그림책을 꺼내 읽어 보자. 많은 이들이 고백하듯 어쩌면 당신도 그림책을 읽다 말고 눈물을 쏟을지도 모를 일이다.

꼬리에 꼬리를 무는 독서

무심결에 우연히 만난 사람들이
언제 어떻게 당신의 행로를 바꿔 놓을
연쇄작용을 일으킬지 아무도 모를 일이다.

마이클 케인

    매일 한 권의 책을 읽다 보니, 다음 책을 어떻게 고르는지 궁금하다는 질문을 받기도 한다. 이럴 때 나는 '꼬리에 꼬리를 무는 독서'를 떠올린다. 아마 책을 좋아하는 사람이라면 누구라도 공감할 것이다. 처음에는 우리가 책을 택하지만, 어느 순간 책이 우리를 다음 책으로 이끌어 준다. 그것이 저자가 언급한 책일 수도 있고, 비슷한 장르의 다른 책일 수도 있다. 혹은 책 속에서 발견한 궁금증이 다른 책으로 우리를 안내하기도 한다.

저자가 언급한 책을 인용도서나 참고도서라 부른다. 책 한 권을 읽었을 뿐인데 또 다른 책들이 줄줄이 엮어져 나온다. 혹자는 '원 플러스 원 책' 혹은 '꼬리 책'이라고도 부른다. 많은 분들이 그럴 테지만, 나도 그 책들을 지나치지 못하고 꼭 메모해 둔다. 온라인 서점 장바구니에 바로 담기도 하고, 도서관 대출 관심 도서로 보관하기도 한다. PD 출신 김민식 작가는 '꼬리에 꼬리를 무는 독서'의 준말인 〈꼬꼬독〉이라는 북튜브를 운영하고 있다. 참 잘 지은 이름이다. 지금 읽고 있는 책에서 연달아 읽고 싶은 꼬리 책을 발견하지 못하더라도, 한 권의 책에서 독서의 즐거움을 느꼈다면, 다음 날도 그다음 날도 즐거운 책 읽기가 이어지게 마련이다.

《꼬리 물기 독서법》[33]이라는 책에서 '꼬리 물기 독서'라는 표현이 나온다. 같은 주제나 같은 분야 혹은 같은 작가의 책을 여러 권 읽어 나가는 독서법이다. 특별히 정해진 법칙은 없고, 독자가 연결성 있게 책을 읽는 것이 핵심이다. 이 책에는 독서로 꿈을 찾아가는 청소년들의 사례를 담고 있다. 관심 분야의 책을 섭렵해가며 진로를 찾아 스스로 학교와 전공을 선택하는 아이들! 꼬리에 꼬리를 무는 독서로 진정한 인생길이 열린 것이다.

독서 모임 멤버 중 한 분이 어떻게 책을 읽어야 잘 읽는 건지 궁금하다며 질문을 주셨다. 그래서 '독서법' 관련 책 몇 권을 소개해 드리고 내가 읽은 책을 직접 보여드린 적이 있다. 여러 권의 책을 동시에 읽거나 밑줄과 포스트잇을 활용하는 방법에 대해서도 말씀드렸다. 본인은 책에 줄을 긋거나 메모를 하는 건 상상도 못 해 본 일이었는데, 내가 읽은 책을 보시고선 마음을 바꾸셨다고 한다. 이제는 연필을 들어 밑줄을 그어보겠다고. 실제로 그 모습을 사진으로 찍어 보내주셔서 더 감동이었다.

나는 독서법 관련 책을 100권 가까이 읽었다. 글쓰기 책과 합하면 150권은 족히 넘는다. 나 나름대로 읽고 쓰는 삶을 영위한다고 생각하지만, 가끔 이게 맞나 의구심이 들었다. 그래서 관련 분야의 책을 자주 찾아봤다. 이렇게 더 알고 싶거나 관심이 가는 주제가 있다면 그 책들을 중점적으로 읽어 보는 것도 좋다. 어느 순간 많은 책에서 공통적으로 말하고자 하는 바를 알고 자기만의 지식 체계나 방법을 구축하게 될 것이다.

다음으로 동일한 작가의 책을 계속해서 읽는 방법도 꼬리잡기 독서의 한 예다. 김겨울의 〈겨울서점〉 유튜브 채널을 즐겨 보다 그녀의 출간 소식을 알게 되었다. 그 후로 김겨울 작가의 책은 모조리 챙겨 읽고 있다. 김미경, 이지성, 은유 등 신간이 나오면 엉덩이가 들썩거리는 작가도 많다. 좋아하는 작가가 생기면 그 작가의 책만 읽는 게 아니라, 작가 추천 책도 같이 읽게 된다. 이렇게 한 작가의 책을 읽는 것만으로도 자연스럽게 독서 세계가 넓어진다.

가끔은 전혀 연관성이 없어 보이는 책으로 손이 가기도 한다. 《방구석 미술관》[34]에서 샤갈 편을 읽다가 문득 《빅터 프랭클의 죽음의 수용소에서》[35]가 떠올랐다. 《방구석 미술관》에 전혀 《빅터 프랭클의 죽음의 수용소에서》가 언급된 적이 없는데, 갑자기 읽어 보고 싶어졌다. 아마도 결이 비슷하다고 어렴풋이 느꼈던 것 같다. 이렇게 책이 책을 부르는 연쇄작용 속에서 독서의 무궁한 확장성을 느낀다.

구슬도 꿰어야 보배

꼬리에 꼬리를 무는 독서는 다양한 책을 섭렵하고 자기의 사고 영역을 확장하는 데 도움이 된다. 그러나 계속해서 읽기만 해서는 남는 게 없다. 지금까지 읽은 책이 내 인생을 더 잘 가꾸는 데 길잡이가 되도록 해야 한다.

"네가 닭을 친다고 들었다. 닭을 치는 것은 참 좋은 일이다. 하지만 닭을 치는 데도 우아한 것과 속된 것, 맑은 것과 탁한 것의 차이가 있다. 진실로 농사 책을 꼼꼼히 읽어 거기에 실린 좋은 방법을 골라 시험해 보도록 해라. 닭의 털 빛깔에 따라 구분해 보기도 하고, 횃대의 크기를 달리해 보기도 해서 다른 집보다 닭이 더 살지고 번드르르하게 길러야 한다. 번식도 더 많게 해야지.

또 이따금씩 시를 지어서 닭의 모습을 묘사해 보도록 해라. 사물을 통해 사물을 살피는 것이 공부하는 사람의 양계법이니라. 만약 이익만 따지고 의리는 거들떠보지 않거나, 기를 줄만 알고 운치는 몰라, 부지런히 애써 이웃 채마밭의 늙은 이와 더불어 밤낮 다투는 자는 작은 마을에 사는 못난 사내의 양계인 게다. 너는 어떤 식으로 하려는지 모르겠구나.

기왕 닭을 기른다면 모름지기 백가의 책 속에서 닭에 관한 글들을 베껴 모아 보거라. 내용에 따라 차례를 매겨 〈계경〉을 만들어 보는 것도 좋겠다. 당나라 때 육우는 차에 대한 자료를 모아 〈다경〉을 지었고, 유득공은 담배에 관한 내용을 모아 〈연경〉을 지었지. 속된 일을 하더라도 맑은 운치를 얻는 것은 언제나 이것을 좋은 예로 삼도록 해라."[ii]

---

ii) 《유배지에서 보낸 정약용의 편지》, 정약용 지음, 보물창고, 44쪽

다산 정약용이 아들에게 보낸 편지 중 일부다. 양계를 한다는 아들에게 무작정 닭만 기르지 말라는 내용이다. 농서를 읽은 후, 알을 잘 낳는 건강한 닭을 기르는 법을 고민하여 틈틈이 닭을 주제로 글도 쓰고 그림도 그려 보라 권했다. 더 나아가 양계를 하는 백성들에게 도움이 되는 책을 쓰라고 당부한다.

다산의 편지[36]를 읽고 나니 책을 읽고 그냥 덮어버려서는 안 되겠다는 생각이 들었다. 책을 읽다 보니 더 잘 읽는 법이 궁금했고 관련 책을 읽다보니 다양한 독서법을 알게 되었다. 저자들마다 자신의 방법이 최고라 하지만, 책을 읽는데 어찌 한 가지 방법만 옳겠는가. 다양한 사람들만큼이나 독서법도 다양할 것이다. 나와 비슷한 누군가를 위해 이 글을 쓰기 시작했다. 나의 독서 경험이 누군가에게 도움이 되길 바라는 마음으로. 요즘은 초보가 왕초보를 가르치는 시대라고들 한다. 여러분 또한 누군가에게 도움을 줄 수 있다. 독서와 배움을 그냥 흘려보내지 말자. 실천하고 기록하며 잘 꿰다보면 본인 뿐 아니라 다른 이들의 성장을 돕는 멋진 보배가 되어 빛날 것이다.

책을 공짜로 읽는 방법

> "한 가지 소리는 아름다운 음악이 되지 못하고
> 한 가지 색은 찬란한 빛을 이루지 못하며
> 한 가지 맛은 진미를 내지 못한다."
>
> 고대 철학자

하루에 1권의 책을 읽고 책 리뷰를 올리기 시작한 지 석 달째, 인스타그램에 100권이 넘는 책이 쌓였다. 그즈음 처음으로 서평 제의가 들어왔다. 그전까지는 내가 읽고 싶은 책이 있으면 서평 이벤트에 스스로 참여해야 했다. 출판사에서 신간이 나올 때 책 리뷰를 써줄 서평단을 모집하는데 그 이벤트에 스스로 읽고 싶은 이유를 댓글로 쓰는 것이다.

어느 날부터인가 출판사에서 먼저 연락이 오기 시작했다. 신간 도서가 나올 때마다 연락을 해도 되겠느냐 허락을 구하는 곳도 있었다. 꼭 출판사가 아니더라도 책을 출간하신 작가님들께서 책을 보내 주시기도 했다. 내가 좋아서 읽고 썼을 뿐인데, 책을 선물로 보내 주시다니. 물론 정성껏 읽고 서평을 써야 하지만, 우리처럼 책 좋아하는 사람들이라면 정말로 감사한 일 아닌가!

이런 활동이 좋은 점은 단순히 책을 무상으로 제공받는 것만이 아니다. 평소 내가 관심 있었던 분야의 책을 공짜로 읽기도 하지만, 아예 관심이 없었던 분야의 책을 읽게 되기도 한다. 처음 독서를 시작할 때는 자신이 좋아하는 분야로 시작하는 게 맞다. 하지만 그 책도 10권, 20권 읽다 보면 반복되는 내용 때문에 어느 순간 비슷하다는 느낌을 받는다. 이때가 바로 변화가 필요한 시기다. 나는 거의 자기계발서나 에세이를 위주로 책을 읽어 왔다. 그런데 서평단과 서포터즈 활동을 하면서부터는 사회과학, 인문교양, 소설 등 다양한 분야의 책을 읽게 되었다. 평소라면 절대 읽지 않았을 정치 분야까지.

다양한 분야의 책을 읽다 보니 세상을 보는 눈이 넓어지고 자연스레 관심이 폭이 커졌다. 가깝게는 남편과의 대화가 바뀌었다. 관심사가 재테크로 넘어가자 점점 주식이나 경제 전반에 관한 이야기를 주고받게 되었다. 한참 공모주 청약의 열기에 덩달아 우리 부부도 관련 기업에 대해 공부를 하고 직접 참여하기에 이르렀다. 그 덕에 숙원 사업이었던 거실 서재화를 이룰 수 있었다. 첫 공모주 수익금으로 거실 한가운데 튼튼한 가족 책상을 구매하게 되었기 때문이다.

물론 돈만을 좇아서는 안 된다. '그 주식을 샀어야 했는데, 거기 투자했어야 했는데' 후회하며 마음을 잡지 못하면 그것 또한 스스로를 지옥으로 밀어 넣는 것이다. 그래서 더더욱 균형 잡힌 독서가 필요하다. 경제 서적만 읽다 보면 마음이 조급해진다. 이럴 때 무소유와 느린 삶을 의도적으로 찾아 읽는다. 마음에 안정을 위해. 여러 분야의 독서는 치우침 없는 삶을 살도록 돕는다. 서평단 활동을 통해 자연스럽게 다양한 주제의 책들을 만날 수 있다. 그렇다면 미래의 서평단을 위해 현재의 읽고 쓰기에 물음표가 생긴다. 서평이라는 거 대체 어떻게 써야 하나?

서평, 어떻게 쓰나요?

서평이라고 하니까 너무 거창하다. 우리는 책을 읽은 후기 정도를 쓴다고 생각하자. 우리가 특정 제품을 써 보고 후기를 남길 때를 떠올려 보는 거다. 제품 사진을 찍고 구체적인 특징과 장단점 등을 쓴다. 책도 마찬가지다. 책 사진을 찍고, 제목, 지은이, 출판사 등을 쓴 다음 핵심 내용을 요약하고 느낀 점을 쓰면 된다.

처음에는 책에 대한 평가가 어려워서 별점을 매기는 것도 힘들었다. 비교 대상이 적기 때문이다. 그럴 땐 독자의 역할에 충실한 게 우선이다. 책과 친해지며 인풋이 쌓이면 자연스럽게 아웃풋이 생기게 마련이다. 시작 단계에서는 책 제목, 지은이, 출판사 정도의 짧은 기록을 남기자. 기억하고 싶은 문장을 만난다면 같이 쓴다. 왜 이 문장이 인상적이었는지 이유도 짧게 써 보면 좋다. 이런 기록들이 쌓이면, 시간이 흘러 다시 봤을 때 나의 변화와 성장을 가늠하는 훌륭한 척도가 된다. 10권, 50권, 100권 읽은 책이 쌓여 갈수록 내 생각도 한 줄, 두 줄 피어날 것이다.

책의 내용과 내 생각을 버무린 글을 SNS에 올리기 시작했는데 위로를 받았다거나 공감한다는 댓글이 달릴 때 기뻤다. 소개한 책을 읽어 봐야겠다는 분들이 생기면 출판시장에 도움이 된 것 같아 뿌듯한 마음도 들었다. 이때였던 것 같다. 글쓰기에 탄력을 받고 매일 쓰는 삶을 살겠다고 다짐했던 때가. 나의 글이 누군가에게 위로가 되고 오늘 하루를 살아가는 데 힘이 될 수 있다면 좋겠다고 생각했다. 이렇게 책을 읽고 기록을 남기는 것 자체로 선한 영향력을 미칠 수 있음을 깨달았다.

물론 다른 사람들의 글을 읽다가 좌절하기도 했다. 시인을 연상케 하는 문장들, 화려한 문장들에 주눅이 들었다. 처음부터 그렇게 쓸 수는 없다. 꼭 그렇게 써야 하는 것도 아니다. 마음을 울리는 글은 솔직하고 담백한 글이라고 생각한다. 적어도 내 마음을 두드리는 글들은 그랬다.

유시민 작가는 글쓰기의 기본이 텍스트 요약에 있다고 했다.[37] 곧바로 나의 마음을 드러내기 어렵다면 읽었던 책의 내용을 요약해서 쓰는 것부터 시작해 보자. 줄거리 요약은 어렸을 때 우리가 썼던 독후감을 떠올리면 된다. 한쪽 가득 줄거리를 쓰고 마지막 한 문장에 느낀 점을 담지 않았던가? 모두 다 해봤던 거라 막연하지 않을 것이다.

물론 요약이 어렵다면 인상적이었던 문장을 베껴 쓰는 것도 좋다. 좋은 글을 필사하는 것도 글쓰기에 도움이 된다. 노래 연습을 할 때 처음에는 특정 가수의 목소리와 창법을 그대로 흉내 내기 바쁘다. 그러다 점점 자기만의 창법을 찾게 된다. 글쓰기도 마찬가지다. 좋아하는 작가의 글을 따라 쓰다 보면, 글쓰기 감각이 생긴다.

요약을 쉽게 하는 방법으로 KWL 차트를 소개한다. 이미 알고 있는 것(What I Know), 더 알고 싶은 것(What I Wonder), 새롭게 배운 것(What I Learned)으로 내용을 정리하는 것이다. 여기다 한 문장씩 본인의 생각을 곁들여본다. 점점 텍스트 요약과 생각의 비율이 비슷해지고, 종국에는 본인의 생각이 더 커지는 순간이 온다. 이때 자기만의 이야기, 멋진 책 한 권이 완성될 것이다.

《인생의 차이를 만드는 독서법 본깨적》이라는 책에서는 독서 후에 '본깨적'으로 정리할 것을 권한다. 본깨적이란, '책에서 본 것', '깨달은 것', '적용할 것'을 일컫는데 각각은 인상적인 문구, 생각이나 느낌, 책을 읽고 실천해 볼 내용에 해당한다. 이 방법으로 서평을 쓰면, 읽고 쓰는 것에 그치지 않고 행동으로 이어질 수 있다. 서평을 쓰는 것이 책 소개에서 끝날 수도 있지만, 글과 삶이 조화를 이루고 현생을 사는 데 도움이 되길 바란다면 일상에서 적용할 점을 쓰고 직접 실천해보길 권한다.

《서평 쓰는 법》[38]의 저자 이원석 작가는 본인의 글쓰기가 서평에서 비롯되었다고 털어놓았다. 그는 서평을 쓰는 것이 책에 대한 이해와 해석을 정리할 기회인 동시에 자신의 내면을 들여다보는 시간이라 말한다. 더 나아가 누구에게 이 책이 필요한지 안내해 줄 수 있다면 더할 나위 없는 서평이겠다. 독서의 종착역은 결국 우리의 삶이다. 책을 읽고 그냥 덮어버리지 말자. 거듭 기록하자. 더 나은 사람이 되겠다고, 더 나은 삶을 살겠다고 거듭 다짐하게 될 것이다. 책에서 얻은 통찰을 실천하며 한층 더 빛나는 인생을 살기 바란다.

애써 읽은 책이 휘발되기 전에 쓰고 또 쓰다보면 책의 일부를 베껴 쓰는 수준에서 언젠가 일독을 권하는 경지로 올라설 것이다. 이 때 주의할 점은 처음부터 완벽하려는 마음이다. 아주 잘된 글만 보여 주려면 결코 비공개 글에서 벗어나지 못한다. 단 한 명에게라도 울림을 줄 수 있다면 그걸로 충분하다. 글을 쓸 때도 내려놓음이 필요하다.

1) 일관성 있는 피드: 인스타그램은 사진이 가장 먼저 눈에 들어온다. 일관된 사진으로 보기 좋게 피드를 꾸미는 것이 중요하다. 책 표지 사진을 올린다면, 책을 세울지 책상에 눕힐지 혹은 책을 펼쳐 앞뒤 표지가 모두 보이게 할 지 정한다. 배경과 배경색도 하나로 통일하는 것이 좋다. 어쩌다 다른 사진이 몇 개씩 들어가는 건 괜찮지만, 전체적인 색감과 구도에 일관성이 있어야 시각적으로 편안함을 느낀다.

2) 꾸준히 올리기: 매일 올리기 힘들다면 주당 몇 번이라도 지속적으로 글을 올리는 것이 중요하다. 북스타그램은 기본적으로 좋은 책을 소개하고 좋은 문장을 나누는 것이 핵심이다. 그러기 위해 꾸준히 책을 읽고 업로드를 해야 한다. 이 때, 인스타그램의 해시태그(#)나 짧은 영상을 올리는 릴스 등의 기능도 활용해보자. 반복되는 업로드 속에서 작은 재미를 찾아야 지속할 힘이 생긴다.

3) 카드 뉴스 활용하기: 캔바, 글그램, 미리캔버스 등의 사진 편집

어플이나 사이트를 활용하여 피드를 더 깔끔하게 꾸밀 수 있다. 책의 내용을 요약하거나 인상적인 문장을 나눌 때, 카드 뉴스 형태로 만들어 피드를 구성하는 방법도 좋다. 책을 그대로 찍어 올리면 저작권에 걸리는 경우가 있어서 그렇기도 하지만, 카드 뉴스로 만들었을 때 훨씬 가독성이 높고 보기에 좋기 때문이다.

4) **진정성 있는 소통:** 서로 댓글을 달고 좋아요를 누름으로써 팔로우 수를 늘린다. 숫자가 중요하진 않지만 분명 보상 효과가 있다. 나의 경우 팔로워가 1,000명이 되자 각종 공구와 서평 요청이 들어오기 시작했다. 또, 다른 회원들은 무슨 책을 읽고 어떤 생각을 하는지 이야기 나누는 것은 그 자체로 본인에게 활력소가 되며, 좋은 자극과 배움이 된다. 적극적이고 활발한 활동이 어렵더라도 진정성 있는 소통을 이어간다면 인생의 희노애락을 나누는 멋진 SNS 인연을 만날 수 있다.

당신의 인생책은 무엇인가요?

66

생애에서 몇 번이고 되풀이해 읽을 수 있는
한 권의 책을 가진 사람은 행복한 사람이다.

몽테를랑

99

'인생책'이란 애창곡 같은 것이다. 마음이 힘들 때 이적의 〈걱정말아요 그대〉나 이한철의 〈슈퍼스타〉를 부르곤 한다. 가사 하나하나를 새겨 가며 한바탕 노래를 부르고 나면 마음이 제법 편안해지기 때문이다. 인생책도 삶이 힘들 때마다 다시 꺼내 보게 되는 책이다. 그 속에서 다시 마음의 평온을 얻는다.

사람마다 인생책은 다르다. 물론 같은 책이라도 어느 시기에 만나느냐에 따라 다가오는 깊이가 다르다. 나에게 《그릿》이라는 책이 그랬다. 아이디마다 Grit을 넣을 정도로 처음 읽었을 때부터 분명 매력적이었다. 열정과 끈기가 재능과 환경을 이기다니! 얼마나 솔깃한가. 그래서 당장 우리 집 아들들과 학교에서 만나는 학생들에게 그릿의 중요성을 강조했다. 정작 내 삶에 그것이 필요하다고 생각하진 못했다.

그런데 1일 1독을 시작하며 다시 읽은 《그릿》은 내 삶으로 깊숙이 파고 들어왔다. 당장 내 삶에 열정과 끈기가 필요하다고 생각하게 되었다. 저자가 "여러분도 부단히 노력할 마음만 있다면 천재다."라고 말한 문장이 눈에 확 꽂혔다. 나도 매일 읽고 쓰다 보면 이 분야만큼은 탁월성을 갖출 수 있지 않을까? 그렇게 Grit은 나와 떼려야 뗄 수 없는 사이가 되었다. 계속해서 한 걸음씩 나아갈 원동력이 되어주었다.

물론 마음을 단단히 무장해도 종종 힘든 상황이 찾아온다. 예전에는 폭식과 잠으로 도피했다면, 요즘은 걷기와 책, 모닝 페이지로 향한다. 날이 좋으면 운동복으로 갈아입고 뒷산을 걷고, 새벽에 일어나서는 모닝 페이지에 무거운 마음을 풀어헤친다. 새로운 책을 읽기보다는 이미 읽은 책을 다시 읽거나 《채근담》

처럼 짧은 글로 이루어진 책을 펼쳐 마음에 와닿는 문장을 필사한다. 이렇게 다양한 방법으로 부정적인 감정을 해소할 힘이 생겼다. 상황이나 일의 경중에 따라 잠깐의 심호흡만으로 괜찮아지기도 한다. 그러나 아무리 해도 마음에 빨간 신호등이 꺼지지 않을 때가 있다.

이럴 때면 나의 인생책들이 꽂힌 책장을 향한다. 먼저 에크하르트 톨레의 《삶으로 다시 떠오르기》39)를 열어 밑줄 그은 문장들을 소리 내 읽기 시작한다. 매 순간 깨어 있으려 의식한다. 과거나 미래에서 벗어나 지금 이 순간의 현재에 온 마음을 집중한다.

다음은 《빅터 프랭클의 죽음의 수용소에서》에서 인덱스 플래그가 붙여진 곳을 하나씩 살핀다. 2차 세계 대전 당시 3년 동안 강제 수용소에 있었던 경험을 담은 빅터 프랭클의 이야기를 읽으며 가혹한 시련을 주는 상황을 바꿀 수는 없지만, 나의 태도는 선택할 수 있음을 깨닫는다. 내가 무너지도록 내버려 두지 않겠다고 다짐한다. 내면의 풍요로움을 찾고 궁극적인 삶의 의미를 떠올린다. 인간에게 삶의 의미, 즉 살아야 할 이유가 있다면 어떤 시련도 명예롭고 당당하게 견뎌 낼 수 있다. 거창한 이

유일 필요는 없다. 수용소 안에서 그들은 다시 가족을 만나기 위해, 본업을 이어 가기 위해, 혹은 그저 먹고 자는 것을 포함한 자유로운 삶을 꿈꾸며 하루하루를 살아 냈다.

인생책을 읽으며 천천히 평화를 찾는다. 아직 인생책이 없다면 목적의식을 가지고 책들을 찬찬히 읽어 보길 바란다. 인생책이 있다는 것 자체만으로도 살아가는 데 든든한 버팀목이 된다. 흔들리고 좌절할 때마다 어김없이 내 손을 잡아 준다.

인생책으로 삶이 바뀐 사람들

책을 읽고 인생이 바뀌는 게 정말일까? 의심을 품을 수도 있겠다. 그래서 이름만 들어도 알 만한 인물들을 추려 보았다. 단한 권의 책으로 삶이 드라마틱하게 바뀌는 건 아니겠지만, 삶을 변화시키는 터닝 포인트가 되는 책은 분명 존재한다.

제일 먼저 소개할 인물은 링컨이다. 어느 날 링컨은 이웃집 아저씨로부터 『워싱턴 전기』를 빌려 읽는다. 어린 링컨은 그 책을 읽고 워싱턴 대통령 같은 훌륭한 사람이 되겠다고 다짐했다. 잘 때도 가슴에 꼭 끌어안고 잤다고 한다. 그 바람에 비가 억수

같이 쏟아지는 날 링컨이 자고 있던 다락방 천장에 물이 새어 그만 책이 젖어 버렸다. 다행히 이웃집 아저씨는 그런 링컨을 기특하게 여겨 『워싱턴 전기』를 선물해 주셨다. 링컨이 이 책을 읽었을 때 너무 감격해서 온몸이 부르르 떨렸다고 하니 그의 인생에 가장 큰 영향을 미친 책이 아닐까?

다음은 정약용이다. 그에게 천주교와 실학의 만남을 주선해 준 책이 있었다. 바로 『천주실의』와 『성호사설』이다. 특히 정약용은 『성호사설』을 읽고 두꺼웠던 장막이 걷히는 기분이 들었다고 한다. 이제껏 읽었던 다른 책들과 달리 학문이란 현실에 실질적인 도움을 줄 수 있어야 한다는 것을 일깨워 준 책이었다. 덕분에 정약용은 탁상공론에 그치는 학문이 아니라, 실용적인 학문, 즉 실학을 집대성하여 만백성에게 도움을 주려 애쓰는 진정한 학자로 거듭났다.

더 많은 위인과 인물들이 있지만, 마지막으로 켈리 최의 인생 책을 소개한다. 7천억 자산가로 많은 이들에게 귀감이 되고 있는 켈리델리 회장 켈리 최. 그녀는 세상에 태어나 딱 1권의 책만 읽을 수 있다면 바로 이 책을 읽겠다고 밝혔다. 육십 번 넘게 읽을 책. 바로 론다 번의 《시크릿》[40]이다. 생각하는 모든 것이 긍정적이든 부정적이든 그대로 펼쳐진다는 '끌어당김의 법칙'을 설명한 책이다. 그녀는 우울증과 빚으로 힘들었을 때 《시크릿》을 수시로 펼쳐 보며 온갖 부정적인 마음을 버리고 좋은 것들만 끌어당기기로 결심했다.

인생책은 첫눈에 반하듯 불꽃이 튀며 다가올 수도 있고, 자신도 모르게 천천히 스며들 수도 있다. 물론 단 한 권의 책일 수도 있고 여러 권일 수도 있다. 다른 이에게는 아무리 좋은 책이라 할지라도 정작 본인에게는 별 감흥이 없을 수도 있다. 누군가에겐 큰 울림을 주었다는데 대체 어느 포인트가 감동적이었는지 궁금할지도 모른다.

결국 인생책은 개개인의 경험에 따라 다를 수밖에 없다. 살아온 환경, 현재 처한 상황, 평소 쌓아 온 가치관 등이 모조리 다르기 때문이다. 심지어 특정 시기마다 인생책이 달라지기도 한다. 그땐 이 책이 최고였는데, 어느 순간 또 다른 책이 인생책의 자리를 탈환하는 것이다. 중요한 것은 있느냐 없느냐일 뿐이다.

지치고 힘들 때 기댈 수 있고, 길을 잃었을 때 삶의 내비게이션이 되어 주는 인생책. 즐겨 부르는 애창곡처럼 수시로 펼쳐 보며 내 삶이 나아가야 할 방향을 바로잡는다. 내 인생에 큰 영향을 끼쳤고 앞으로도 그럴 거라는 생각으로 선뜻 남에게 빌려주지 못하는 책. 평생 함께할 동반자로 늘 곁에 두고 읽는 책. 여러분들도 그런 책을 만나길 진심으로 바란다.

제4장

나만의 슬기로운
독서법이 생겼다

책 읽을 시간이 있으세요?

> ❝
>
> 우리가 진정으로 소유하는 것은 시간뿐이다.
> 가진 것이 달리 아무것도 없는 이에게도 시간은 있다.
>
> 발타사르 그라시안
>
> ❞

"아니, 애들 키우며 책 읽을 시간이 있으세요?"
"예슬님의 하루는 30시간이신가요?"

1일 1독을 하며 가장 많이 받은 질문이다. 어떻게 하루에 1권의 책을 읽을 수 있는지, 그럴 시간이 있느냐는 거다. 사람마다 혹은 책마다 다르겠지만 대체로 300페이지 내외의 책 1권을 읽는 데 2~3시간이 걸린다. 직장을 다니건 다니지 않건 그 시간을 통으로 만들기란 쉽지 않다. 그런데 잘 생각해 보면 우리에게 늘 자투리 시간이 있다.

아무리 바쁜 틈에도 드라마 본방송 사수를 외치기도 하고, 웹툰이나 영화를 챙겨 보기도 한다. 책도 마음만 있으면 어떻게든 읽을 수 있다. 나는 각 사이트의 요일별 웹툰을 챙겨 보는데, 한꺼번에 다 보려면 꽤 많은 시간이 걸린다. 그래서 양치할 때, 밥을 먹거나 커피를 마실 때, 승강기나 횡단보도 신호를 기다릴 때 등 한 손이 놀고 있는 틈을 타 언제 어디서든 틈틈이 본다.

요즘은 그 틈새 시간을 책 읽기에 사용한다. 잠시 집 앞에 나갈 때도 꼭 옆구리에 책을 끼고 나간다. 잠깐의 짬이 생겼을 때 바로 책을 펼칠 수 있도록. 하교하는 아들을 기다릴 때나 노느라 엄마를 찾지 않을 때 등이 기회다. 틈새 시간은 무조건 생기게 마련이다. 작가 장강명 씨는 본인의 저서[41]에서 물 마시듯 책을 읽는다고 썼다. 일상을 보내며 중간중간 물을 챙겨 마시듯 틈이 날 때마다 책을 읽는 것이다.

단 한 글자라도 읽어야 책 읽기를 지속할 수 있다. 조선 후기

대제학을 지낸 홍석주는 "책 1권을 다 읽을 만큼 한가한 때를 기다린 뒤에 책을 편다면 평생 가도 책을 읽을 만한 날은 없다." 라고 말했다. 여유로운 시간에 읽겠다고 미루어 두면 그 시간에 책을 읽기는커녕 다른 잡무에 빠지기 쉽다. 작은 자투리 시간을 잘 챙겨 책 읽기에 사용해 보자. 틈틈이 책을 읽는 습관이 생겨야 한가한 시간에도 책에 눈이 간다.

시간을 쪼개고 쪼개면 단 5분이라도 책 읽을 시간이 생긴다. 자는 시간을 제외하고 10시간 중 시간당 각 5분씩만 확보해도 50분이다. 매일 50분씩 책을 읽는다고 했을 때, 10일이면 500분, 100일이면 5,000분, 300일이면 15,000분. 1년에 250시간의 독서 시간이 생긴다. 책 1권 읽는 데 넉넉히 5시간을 잡으면 1년간 50권의 책을 읽을 수 있다.

2020년도에 문화체육관광부에서 발표한 '국민 독서 실태 조사'에 따르면 성인 인구 전체의 연간 독서량은 7.5권이다. 그것도 오디오북과 전자책을 포함한 수치다. 그런데 자투리 시간을 활용하면 1년에 50권을 읽을 수 있다니 정말 대단하지 않은가? "티끌 모아 태산"은 이럴 때 쓰는 말인 것 같다.

이때, 조심해야 할 것이 있다. 바로 현대인의 필수 아이템 디지털 기기다. 스마트폰의 경우 까딱 잘못하면 순식간에 1~2시간을 잡아먹기에 십상이다. 흘러버린 시간을 보면 어이가 없을 정도다. 나는 스마트폰 사용 시간을 줄이기 위해 SNS 시간 설정 기능을 적극 활용 중이다. 인스타그램의 경우 〈설정 – 내 활동 – 시간 – 일일 알림 설정〉에 들어가면 사용량을 알려주는 멘트가 뜨도록 설정할 수 있다. 최소 5분부터 시간 설정이 가능하니 원하는 시간을 입력한다.

나는 인스타그램에 머무른 시간이 30분이 되면 이용 시간을 알리는 알람이 뜨도록 해 두었다. 그럼 바로 화면을 끈다. 조금 더 머무를 때도 있지만 대체로 시간을 지키려고 노력하게 된다. 가장 위험한 순간은 침대에 누워서 스마트폰을 사용할 때다. 순식간에 새벽이 되는 걸 막고 싶다면, 핸드폰 설정에서 취침 모드 이용을 추천한다. 핸드폰마다 다르기에 취침 알람을 설정하는 것도 방법이다. 내가 사용하는 핸드폰에서는 취침 시간을 설정해 두면 해당 시간이 되었을 때 스마트폰 화면이 흑백으로 변한다. 이제는 우리가 헤어져야 할 시간!

틈새 시간을 확보할 때, 없는 시간을 억지로 만드는 건 힘들다. 버려지는 시간을 찾는 게 더 쉽다. 살 것도 없는데 쇼핑 사이트에 기웃거리거나, 하릴없이 검색 포털을 기웃거리고 있지는 않은지. 본인의 사소한 생활 습관을 잘 살펴보는 것이 먼저다. 그렇게 틈새 시간을 찾아 책을 읽는 데 시간을 보내게 되었다면 조금 더 욕심을 부려 보길 바란다. '나 홀로 시간'을 2시간 정도 더 챙기는 것이다.

전업맘이든 워킹맘이든 상관없이 이른 아침, 점심시간, 아이들을 재운 후의 밤 시간 등을 혼자만의 시간으로 확보할 수 있다. 나는 아이들을 일찍 재우고 나도 10시 전에는 꼭 자려고 눕는다. 그러면 새벽 4시 반, 늦어도 5시에는 눈이 떠진다. 그때부터 출근 전 아이들을 깨우기까지 오롯한 '나만의 시간'을 가질 수 있다. 일찍 일어나는 게 힘들어 모두가 잠든 밤에 책을 읽는 사람도 있다. 흔히 아침형 인간이나 저녁형 인간으로 구분하고들 한다. 시간은 중요하지 않다. 그저 고요한 시간을 활용하여 자기만의 시간을 갖는 것이 핵심이다. 다만 아침 시간을 권하는 이유는, 독서로 하루를 열면 쫓김이 없는 평온한 마음으로 새날을 시작하기 때문이다.

점심시간의 경우 직장 동료들과 함께 밥을 먹을 때가 많다.

그러나 10분이라도 개인 시간을 챙길 수 있다면 최대한 책을 읽는 데 활용해보자. 오후 시간이 더 활기 넘칠 것이다. 사람마다 살아온 환경과 방식이 다르니 시간 활용도 각자의 몸과 마음을 거스르지 않는 선에서 하면 좋겠다.

기록, 하루를 온전히 살아 내는 것

매일 아침 데일리 리포트를 쓴다. 굉장히 거창해 보이지만 해야 할 일을 적은 다이어리에 불과하다. 아침에 일어나 당일 과업 목록을 적는다. 해야 할 일이 계속 머리에 남아 있으면 어떤 일을 할 때 집중하기가 어렵다. 할 일은 다이어리에 모두 쏟아붓고, 지금 순간에는 하는 일 하나에만 신경을 집중한다. 일의 효율이 훨씬 높아지고 하루를 꽤 알차게 보낼 수 있다.

지난 세월 다이어리는 1월 중 1주일 정도만 쓰다가 가끔 펼쳐 보는 존재였다. 그러나 2021년 한 해 동안 다이어리를 잘 활용하기로 마음먹고, 매일 기록하기에 성공했다. 할 일 목록을 만들고 하루를 마치며 한 일에 체크 표시를 한다. 끝내지 못한 일은 다음 날로 넘긴다. 제일 아래 빈 곳에는 감사한 일을 5개 적는다. 매일 할 일 목록과 감사 일기를 쓰는 것은 1일 1독을 이어

나가는 원동력이 된다.

책을 읽는 동안에는 책에만 집중할 수 있기 때문이다. 공과금이나 세금 납부, 은행 다녀오기 등의 할 일 목록은 시간을 정해 두고 그때그때 해결한다. 다 못 한 일은 자연히 다음 날로 옮겨 적음으로써 머리가 아닌 다이어리에 그 일이 머물게 한다. 매일 아침 할 일 목록을 작성하거나 매일 저녁 감사 일기를 쓸 때 해야 할 일을 다시 마주한다. 그렇게 중요한 일은 잊지 않고 챙길 수 있으니 삶에 자신감이 생긴다. 기억력만으로 모든 일을 해내기엔 한계가 있다. '적어야 산다'는 '적자생존'이라는 말이 진하게 와닿는 요즘이다.

다이어리에 매일의 기록이 쌓여 나만의 '데일리 리포트'가 만들어지면 또 하나 좋은 점이 있다. 내가 주로 어떤 일을 하면서 지내고 무슨 생각을 하는지, 좋아하는 것은 무엇인지 살펴볼 수 있다. 특히 감사 일기를 통해 본인의 마음을 들여다보는 시간을 가질 수 있다. 이 모든 것들이 나의 하루를 바르게 살고 삶이 더 단단해지도록 돕는다. 틈새 시간을 잘 활용하여 나의 하루를 온전히 살아 내는 것이 이토록 중요하다. 독서 습관을 형성하고 싶다면 더더욱 자투리 시간을 놓치지 말자.

책을 읽는 방법이 너무 많아요

"어떤 책은 맛만 볼 것이고
어떤 책은 통째로 삼켜 버릴 것이며
또 어떤 책은 소화시켜야 할 것이다."

프랜시스 베이컨

　　남독, 정독, 완독, 속독, 통독, 발췌독, 재독, 병행 독서 등등.
책을 읽다 보니 이런 낯선 용어들을 자주 만나게 되었다. 한자어
이기도 하고 일상생활에서 잘 쓰지 않는 말이라 처음에는 조금
당황스러웠다. 보통 책을 읽는다고 하면 1권의 책을 정하고 처음
부터 끝까지 쭉 읽는 것 아닌가? 그런데 이렇게 많은 독서법이
있었다니! 내가 책을 읽고 있는 방법이 혹시 잘못된 건 아닌지,
더 나은 방법이 있는 건 아닌지 연신 기웃거리게 되었다. 결론은

공부에 왕도가 없듯 독서도 마찬가지란 생각이다. 하지만 무엇이든 새롭게 알고 나면 보이는 바가 다르니, 여러 독서법을 살펴보면 분명 독서 생활에 도움이 될 것이다.

1) 남독과 다독

남독(濫讀)의 사전적 정의를 살펴보면 "책의 내용이나 수준 따위를 가리지 아니하고 아무 책이나 닥치는 대로 마구 읽음."이라는 뜻이다. 그냥 손에 잡히는 대로 마구 읽는 것이다. 나도 대체로 이렇다. 조금 편안하게 쉬고 싶을 때는 따뜻한 공감 에세이를, 재미있는 판타지를 꿈꾸거나 새로운 세상으로 훌쩍 떠나고 싶을 때는 소설을, 마음속에서 무언가 들끓어 오르고 무엇이든 할 수 있을 것만 같은 날에는 자기계발서를 읽는 식이다. 요즘은 좋은 그림책이나 동화책이 참 많다. 그래서 아들들과 함께 뒹굴며 아이들 책을 읽기도 한다. 이렇게 남독을 즐기다 보면 어느새 다독가로 거듭나 있는 자신을 만날 것이다. 마음껏 읽고 싶은 책을 신명 나게 읽어 나가는 것이 바로 이 남독의 장점 아닐까? 시작부터 무리하게 필독서나 고전을 부여잡고 있다면 다독으로 이어지기 어렵다.

다독(多讀)은 말 그대로 책을 많이 읽는 것이다. 다독을 반대하는 사람들도 있지만 내가 생각하기에 남독과 다독은 독서 입문자에게 꼭 필요하다. 많이 읽다 보면 자신의 책 취향을 알 수 있다. 좋아하는 문체나 작가가 생기고 좋아하는 장르나 분야가 생기기도 한다. 차례를 훑어보며 자신에게 필요한 책인지 읽고 싶은 책인지를 가늠할 수 있는 안목도 길러진다. 많이 읽어야 보이는 것들이 있다. 앞 장에서 무슨 책을 읽을지에 대한 답으로도 본인이 좋아하고 끌리는 것을 먼저 읽으라고 했듯이. 처음에는 관심 분야의 책을 많이 읽으며 독서력을 기르는 게 우선이다. 나는 종종 아이들의 모습에서 인생의 지혜를 배우기도 한다. 책을 읽는 데 거침이 없다. 그냥 책장 앞으로 가서 아무 책이나 마구 꺼낸다. 곤충에 빠지면 종일 곤충 책만 읽고 옛날이야기가 좋으면 내내 전래 동화만 꺼내온다. 물론 이 책 저 책 번갈아 가며 읽기도 한다. 그냥 끌리는 대로 재미있게 읽는다. 초보 독서가들에게 꼭 필요한 자세다.

2) 통독과 정독

통독(通讀)이란 책을 처음부터 끝까지 건너뛰지 않고 주욱 내리읽는 것을 말한다. 일반적으로 책을 끝까지 읽었다는 뜻의 완독과 뜻이 통한다. 이에 반해 정독(精讀)은 뜻을 새겨 가며 자세히 읽는 것을 말한다. 통독과 정독의 차이는 글의 의미를 새기며 세밀하게 읽는 여부에 있다.

중국의 진목이라는 사람이 제시한 독서법 중 '소의 되새김질'을 통독과 정독에 비유할 수 있겠다. 소의 되새김질이란, 소가 여물을 씹어 삼킨 뒤 다시 되올려 천천히 소화를 시키는 것이다. 소가 처음에 여물을 꿀꺽 삼키는 것이 독서로 따지면 전체를 훑어 읽으며 큰 그림을 그리는 것과 같다. 이것이 바로 통독이다. 다음으로 소가 되새김질하며 천천히 되씹는 것은 글자 하나하나를 따져 읽는 정독과 같다.

율곡과 다산 등 많은 선현들이 정독을 강조했다. 한 장의 책을 읽더라도 깊이 생각하고 한 글자씩 따져 내용을 정밀하게 파악하라고 당부한 것이다. 나도 처음에는 완벽하게 책을 씹어 먹는 정독주의자였다. 한 글자도 놓치지 않고 책을 읽어 내려가려고 애썼다. 주석이나 삽화 하나도 그냥 건너뛰는 법이 없었다. 모르는 단어들은 사전을 찾아 여백에 적기도 하고, 인용된 책을 따로 메모해 두느라 책 1권을 읽는 데 아주 긴 시간이 필요했다. 문제는 모든 책을 그런 식으로 읽었다는 것이다.

허균의 《한정록》[42]에 나오는 왕도곤의 예화를 보며 생각을 고쳐먹었다. 왕도곤의 책장에는 1만 권의 책이 있었으나 다만 참고하기 위해 갖추어 둔 것이며, 인생에 쓸모 있는 책은 단지 몇 권뿐이며 그것만 숙독(熟讀)하면 된다고 했다. 여기서 숙독이란, 글의 뜻을 생각하며 하나하나 차분하게 읽어 나가는 것으로 정독과 마찬가지인 독서법이다.

3) 발췌독과 속독

발췌독(拔萃讀)이란 필요한 부분만 뽑아서 읽는 것을 말한다. 책에 따라 혹은 필요에 따라 발췌독이 적합할 때도 있다. 잡지를 어떻게 보는지 떠올려 보면 이해하기 쉽다. 잡지를 정독하는 사람은 드물 것이다. 대체로 중간중간 보고 싶은 내용만 발췌독한다. 보고서나 논문을 쓸 때, 궁금증을 해결하기 위해서도 정독이나 통독을 하기보다 발췌독을 한다. 하버드대 학생들의 연간 독서량이 100권에 육박하는 게 늘 의아했다. 그 많은 학과 공부에 독서까지? 우리나라 대학생들이 연간 20권도 안 되는 책을 읽는 것에 비하면 정말 어마어마한 독서량이다. 그런데 그 비밀을 알게 되었다. 우리나라 대학생들은 처음부터 끝까지 읽은 책만 독서를 했다고 인정하는 데 비해 하버드대 학생들은 필요한 부분만 골라 읽어도 그 책을 읽은 것으로 간주한다는 것이다. 물론 발췌독한 책의 권수를 헤아렸다 해도 우리나라보다 월등히 많은 책을 읽고 있음을 부인할 수는 없지만.

"모든 책을 다 의무적으로 서문부터 결론까지 읽을 필요는 없네."[i]

이어령[43] 교수가 한 말이다. 재미없는 데는 훌훌 넘겨버리고 눈에 띄는 곳만 읽으라는 것이다. 물론 그도 재미있는 책은 몇 번이고 반복해 읽었다. 한 권의 책을 속속들이 빠지지 않고 처음부터 끝까지 읽는다 해도 모르는 것이 많고, 어쩌다 우연히 와닿은 문장 하나가 영감을 주기도 한다. 진짜 중요한 것은, 단한 페이지라도 자기 머리로 생각하며 읽는 것, 바로 나를 관통하는 책 읽기다. 목차를 보고 필요한 부분만 골라 읽어도, 이미 알고 있는 부분은 넘겨 버려도 당당히 독서로 인정하자. 정독에 얽매여 처음부터 끝까지 모조리 소화하려고 하면 체하고 만다. 주의할 점은, 발췌독만으로 사고의 확장을 이루기 어렵다. 정독과의 조화가 필요하다. 특히 독서 초보자라면 완독의 기쁨을 누리며 독서력을 기를 필요가 있다. 발췌독의 경우 어느 정도 책

---

i) 《이어령의 마지막 수업》, 김지수 지음, 열림원, 43쪽

읽기의 내공이 쌓였을 때 자연스럽게 이루어질 것이다.

책을 빠르게 읽는 속독(速讀) 또한 마찬가지다. 전문적으로 속독을 배운 사람이 아니라면 책을 짧은 시간 동안 빠르게 읽으면서 내용을 제대로 파악하기란 쉽지 않다. 특히 앞뒤 인과관계나 등장인물 간의 관계도를 짚어가며 전체적인 내용을 파악해야 하는 소설의 경우 천천히 사건을 따라가며 통독을 하는 게 맞다. 속독은 발췌독과 동시에 일어나는 경우가 많은데 주로 자기계발서나 경제 서적을 읽을 때 활용이 가능하다. 이미 알고 있는 내용은 키워드 중심으로 빠르게 읽어 나가면서 중복되는 부분을 건너뛸 수 있기 때문이다.

1일 1독을 하기 전까지 평균 독서량은 1주일에 1~2권 정도였다. 코로나19 이후 집에 머무는 시간이 많아지면서 1주일에 3권, 많으면 4권까지 읽었다. 2020년 11월 매일 1권의 책을 읽기 시작하였을 때까지도 철저한 정독파였다. 그런데 1일 1독을 시작한 지 7개월 정도에 250권가량의 책을 읽었을 무렵부터 슬슬 변화가 생겼다. 어느 순간 통독, 정독, 속독, 발췌독을 번갈아 하고 있었다. 《1만 권 독서법》44)의 저자는 이러한 현상을 두고 독서량이 누적되며 어느 순간 책과 책 사이의 관계성이 보이는 까닭에 독서에 가속도가 붙는 것이라 설명했다. 결국 속독과 발췌독으로 가기까지는 일정 수준의 시간과 독서량이 필요하다. 한편 책이 마음에 와닿는 정도는 사람마다 다르기 때문에 정독을 할지 발췌독을 할지 혹은 재독을 할지 또한 본인이 정하는 게 옳다. 그것을 알기 위해서라도 매일 읽기를 권한다.

> "책을 반드시 끝까지 읽어야 하는 것은 아니다.
> 단 한 줄이 평생의 보물이 되기도 한다.
> 인생에 남을 한 줄의 문장을 찾고자 하는 마음으로
> 책을 읽는 것도 독서의 요령이다."
>
> 사이토 다카시

4) 재독

재독(再讀)은 이미 읽었던 책을 다시 읽는 것이다. 소설가 보르헤스는 이미 읽은 책을 다시 읽는 것이 가장 행복하다고 한다. 이미 읽었기 때문에 더 깊이, 더 풍요롭게 읽을 수 있기 때문이라는 것이다. 나도 예전에 읽었던 책을 다시 읽었을 때 펼쳐지는 놀라운 경험에 자꾸 재독을 하게 된다. 전혀 관심이 없었던 인물이나 상황들이 눈에 들어와 책이 전혀 다른 방향으로 다가오기도 하고, 이미 밑줄 그었던 부분에 대해 더 깊이 생각해 보며 사색에 잠기기도 한다. 한 번 읽고 덮어버리는 것보다 여러 번 재독 했을 때 그 책의 진가가 발휘된다.

우리나라에서는 세종대왕의 '백독백습'이 유명하다. 세종은 사서오경을 100번씩 읽었다고 한다. 그중에서도 특히 『대학』을 좋아했는데 그 책을 수백 번이나 읽었다고 한다. 공자 또한 재독 하기로 유명한 사람이다. 즐겨 읽던 『주역』을 엮은 끈이 세 번이나 끊어졌다는 데서 "위편삼절"이라는 말이 나오기도 했으니 말이다. 퇴계는 책 한 권을 완전히 이해할 때까지 읽기를 반복하는 통에 책이 너덜너덜해져서 다른 사람이 도저히 읽을 수 없을 지경이었다고 한다.

대체 왜 이토록 재독을 즐겼을까? 연암 박지원의 『원사』[45)]에 나오는 구절을 읽으며 그 뜻을 헤아려 본다.

"닭이 울면 일어나 눈을 감고 무릎을 꿇고 앉는다. 간밤에 읽었던 것을 복습해서 가만히 다시금 헤아려 본다. 뜻이 잘 통하지 않는 곳은 없는지, 의미가 분명치 않은 점은 없는지, 글자를 잘못 읽지는 않았는지를 마음에 점검해 보고 몸에 체득해 보아, 스스로 얻은 점이 있거든 기뻐하며 잊지 말아야 한다."[ii]

한 번만 읽어서는 그 뜻을 헤아리기 어려울 수 있지만, 같은 책을 여러 번 읽었을 때 새로운 통찰을 얻을 수 있다. 특히 조금 시간이 지나서 그 책을 다시 집어 들었을 때, 현재의 고민이나 상황에 따라 책의 내용이 다르게 다가온다. 또 과거의 밑줄을 통해 잊고 있던 나의 옛 모습을 떠올리고 추억에 잠기거나 성장한 모습에 감탄할 수도 있다. 과거의 나와 대화의 장을 마련해 주는 것이 바로 재독의 매력이다.

다만 요즘처럼 책이 넘쳐나는 시대에 세종의 백독백습은 과한 느낌이 있다. 나는 에빙하우스의 망각 곡선에 기반하여 망각의 폭이 가장 큰 하루 안에 한 번 더 재독하는 편이다. 예를 들어 오늘 책 한 권을 다 읽으면 다음 날 새벽 독서에서 그 책을 다시 읽는 식이다. 시간이 된다면 서평을 써서 SNS까지 올린다. 다시 읽고 쓰면서 책 내용을 여러 번 곱씹게 된다. 그 이후 책 나눔에 들어가지 않고 용케 살아남은 책이라면, 내게 의미가 컸

---

ii) 《오직 독서뿐》, 정민 지음, 김영사, 237쪽

던 책이므로 한 달 뒤건 반년 뒤건 원하는 때에 다시 읽어 본다. 이렇게 책 한 권이 내 삶 깊숙이 들어온다.

5) 병렬 독서

온라인 독서 모임을 운영하면서, 책을 읽고 인증하는 모습을 살펴보면 대부분 동일한 한 권의 책을 며칠간 읽어 나간다. 하지만 10명 중 1~2명 정도는 조금 다른 패턴을 보인다. 하루에 여러 가지 책을 번갈아 읽는 것이다. 이렇게 여러 책을 동시에 읽는 것을 병행 도서라 한다. 병행 도서의 좋은 점은 지루하거나 산만한 사람의 경우 환기의 효과가 있어 지속적으로 독서가 가능하다는 점이다. 또 뇌의 여러 곳을 자극한다. 한 가지에 몰입하는 것도 좋지만 때론 전혀 다른 장르나 분야의 책을 읽고 나면 새로운 아이디어가 떠오르고 처음의 책이 더 잘 이해되기도 한다.

병렬 독서 안에도 같은 주제의 책을 여러 권 읽는 방법이 있고, 여러 분야의 다양한 주제의 책을 동시에 읽어 나가는 방법도 있다. 집 안 곳곳을 도서관으로 만드는 것도 병렬 독서로 이어지는 데 연관이 깊다. 시간이나 장소에 따라 읽는 책의 종류를 달리하는 것이다. 잠을 자기 전에 침대에서 잠깐 책을 볼 때는 편안하게 마음을 안정시켜 주는 에세이나 시집 등을 협탁에 두고 읽는다. 책상 위에는 제대로 시간을 내어 앉는 경우가 많으니 조금 더 깊이 있는 주제의 책을 여러 권 쌓아 두었다가 손이 가는 대로 읽는다. 어떤 물건을 찾을 때 내 눈에는 보이지 않지만 다른 사람의 눈에는 잘 보일 때가 있다. 하나의 상황에 매몰되어 계속 보다 보면 다른 것을 놓칠 때가 많다. 독서의 경우도 마찬가지다. 처음부터 끝까지 몰입해서 읽어야 할 때도 있지만, 어떤 책은 오히려 전혀 다른 주제의 책을 읽고 다시 읽었을 펼쳤을 때 내용이 더 잘 와닿고 이해가 쉽다.

《독서력》[46]의 저자 사이토 다카시는 무려 20~30권의 책을 돌려가며 읽는다. 동시에 여러 권을 읽으면서 자연스럽게 뇌의 기어를 바꾸는 것이 독서력 향상에 도움이 된다는 것이다. 병행 독서를 통해 주관적 오류의 위험을 줄일 수 있다. 내가 상식이라 생각했던 것을 다시 돌아보는 기회가 된다. 특히 상반되는 주장을 가진 책을 동시에 읽으면 저자의 생각들을 비교할 수 있어서 좋다. 그 과정에서 나의 의견이나 취향이 분명해지는 경험을 갖게 된다.

한동안 STEAM(융합인재교육)이라는 단어가 교육계에서 선풍적인 인기를 끌었다. 요즘도 종종 볼 수 있지만. STEAM은 Sience, Technology, Engineering, Mathematics의 첫 글자를 딴 말로 예술과 과학 기술이 서로 어우러진 융합 프로그램을 통해 미래 인재를 양성하자는 뜻이다. 융합은 서로 다른 종류의 것이 구별 없이 합해지는 것을 말한다. 과학, 기술, 예술 등의 다양한 학문이 서로의 경계를 허물고 결합과 응용을 통해 새로운 것을 창출해 내는 것이다. 병렬 독서는 동시다발적 책 읽기 속에서 여러 장르와 분야가 어우러져 새로운 생각을 창출해 내는 데 도움이 된다. 창의력과 상상력, 더불어 융합적 사고력을 기르고 싶다면 병렬 독서를 추천한다.

지금까지 여러 '독'자 돌림 독서법들을 살펴보았다. 처음엔 겁을 먹었지만 하나하나 따져보니 이미 실천하고 있는 것들도 많았다. 괴테는 "나는 책 읽는 방법을 배우기 위해 80년이라는 세월을 바쳤지만, 아직까지도 잘 배웠다고 말할 수 없다."라는 말을 남겼다. 그러니 너무 독서법에 연연할 필요는 없다고 위로해 본다. 본인에게 잘 맞고 어울리는 옷이 각자 다르듯이 책 읽는 방법도 사람 수 만큼이나 다 다르다. 이제 마음 편히 책을 펼치자. 물론 읽기가 권태로운 날, 새로이 알게 된 독서법들을 활용하여 슬럼프를 극복해 보는 것도 좋겠다.

읽었던 책 또 읽으면 어때? 좀 건너뛰고 읽으면 어때? 이거 읽다 저거 읽다 왔다 갔다 하면 또 어때? Why not? 모든 독서 는 옳다.

기억에 오래 남는 독서 전략

> 66
>
> 사고하는 데 필요한 기술,
> 책을 쓰는 데 필요한 기술뿐 아니라
> 독서하는 데도 필요한 기술이 있다.
>
> 벤저민 디즈레일리
>
> 99

1) 메모 독서

독서가 중에는 메모를 즐기는 사람이 많다. 특히 책에 밑줄을 긋고 여백에 바로 메모를 한다. 신성한 책에 밑줄도 모자라 글을 쓴다고? 처음엔 나도 납득하기 힘들었다. 책이 구겨질까 얼룩이라도 묻을까 노심초사하며 애지중지했기 때문이다. 그런데 요즘은? 마구 줄을 긋고 귀퉁이마다 접어 대는 것도 모자라 여기저기 여백을 찾아 써 나가길 서슴지 않는다. 내가 밑줄 친 부분과 끄적였던 생각들을 다시 보는 재미를 알았기 때문이다. 밑줄만 그으면 그 내용이 왜 와닿았는지 시간이 지나 잊을 수도 있다. 그런데 메모를 함께 해 두면 그때 떠오른 생각과 감정을 나중에도 다시 떠올릴 수 있다.

책 속의 메모가 대화의 장을 마련해 주기도 한다. 우연히 꺼 내든 오래된 책에서 돌아가신 아빠의 편지글이나 메모를 발견했 을 때면 그렇게 반가울 수가 없다. 소설가 이청준 선생님의 생애 에 대해 읽은 적이 있다. 6살 때 형이 폐결핵으로 죽었는데 어 느 날 다락방에서 형이 남긴 소설책 속 메모를 발견한다. 책 속 에 적힌 메모들을 읽으며 죽은 형과의 대화를 이어 가던 중 형 대신 글을 써야겠다고 마음먹었다고 한다. 메모가 나 아닌 다른 사람들에게도 생각의 자리를 내어 준다.

또 메모 독서의 좋은 점은 '쉼'을 준다는 것이다. 우리가 책 을 무작정 읽기만 하면 저자의 생각으로만 꽉 차게 된다. 물론 비판과 비난을 위한 책 읽기를 하라는 것은 아니다. 그러나 적 어도 자기의 생각을 정립하기 위해 책을 읽는 것 아닌가. 올바 른 생각이 곧 나의 삶으로 투영되어 행복하게 사는 것. 나는 책을 읽는 목적이 그것이라 생각한다. 이를 위해 우리는 수시로 멈춰야 한다. 책을 읽다가 멈추어 서서 내 생각을 묻는다. 그 물음을 책 여백에 메모하는 것이다. 다시 책을 읽으며 질문에 답을 적어 본다.

하지만 민망한 순간도 분명 있다. 꼭 필요한 부분에다 그것도 자를 대고 밑줄을 긋는 남편은 내 책을 보면 기함한다. 책을 빌려줄 때도 마찬가지다. 어느 날 놀러 온 아이 친구의 엄마에게 책을 빌려주게 되었다. 그런데 휘갈겨 쓴 메모와 마구 그어진 밑줄, 여기저기 접은 귀퉁이들 때문에 여간 민망한 게 아니었다. 그 후로는 되도록 인덱스를 붙이거나 포스트잇에 메모해서 붙인다. 그러면 책을 빌려주거나 나눔을 할 때 고것들만 쏙 제거하면 되니까. 요즘은 밑줄을 대신해 길게 붙일 수 있는 롱 인덱스도 나왔다! 물론 책에 따라 여전히 나는 밑줄, 귀 접기, 휘갈긴 메모를 즐긴다.

2) 필사와 독서 노트

앞에서 책이나 포스트잇에 간략하게 메모를 했다면, 다음은 필사다. 필사란 책을 베껴 쓰는 것을 말한다. 옛 선인들은 이를 초서라고 했다. 다산 정약용은 책을 읽다가 중요한 구절이 나오면 종이에 그 내용을 옮겨 두었다고 한다. 나는 책을 다시 읽으며 필사 작업을 한다. 밑줄이나 인덱스 플래그를 붙인 구절을 필사 노트에 만년필로 꾹꾹 눌러 쓴다. 향기로운 문장과 사각거리는 소리에 취해 필사하는 시간은 그 무엇과도 바꿀 수 없는 기쁨이다.

하지만 시간의 효율을 따져 대체로 타이핑 필사를 선호하는 편이다. 타이핑 필사는 꽤 유용한 면이 있다. 글을 쓸 때 참고자료를 모아 두는 작업이나 마찬가지이기 때문이다. 폴더 내 키워드 검색으로 필요한 자료를 쉽게 찾아 활용할 수 있다. 한 달 동안 읽은 책을 되돌아보며 타이핑해 둔 부분을 다시 읽으면 책 내용을 오래도록 기억할 수 있다.

야마구치 슈는 책을 읽고 인상적이었던 부분을 메모 애플리케이션 에버노트에 적는다고 한다. 기억에만 남기면 독서 비용 대비 효과가 100분의 1로 떨어지는 느낌이라 번거롭지만 반드시 메모 작성을 빠트리지 않는다는 것이다.

필사 노트의 장점은 내가 좋아하는 구절들을 모아 둔 모음

집이기 때문에 펼쳐 볼 때마다 위로를 받는다. 손으로 쓰든 PC 워드나 메모 앱을 활용하든 중요한 것은 기록을 남기는 것이다! 기록하고 그것을 다시 읽고 곱씹어야 비로소 책 내용이 내 것이 된다. 그리고 이 기록은 나의 변화와 성장을 살펴보는 중요한 지표가 된다. 어릴 때부터 작성한다면 훌륭한 자기만의 성장 포트폴리오가 될 것이다.

독서 노트도 거창하게 새로 만들 필요는 없다. 필사한 곳 옆에 느낌이나 생각을 함께 적는 게 더 효율적이다. 왜 그 문구가 마음에 들었는지 내 삶의 어디에 적용할 것인지를 함께 기록해 둔다. 소설이라면 대략의 줄거리나, 인물 관계도를 적어 두면 나중에 기억을 떠올리기 쉽다. 읽기만 하고 덮어버리는 독서는 남는 게 없다. 기록해야 기억할 수 있다.

3) 낭독과 말하기

낭독(朗讀)은 글을 소리 내어 읽는 음독(音讀) 중 하나다. 문자를 음성으로 바꾸는 것인데 옛날 서당을 떠올리면 쉽게 이해가 된다. 하늘 천 따 지! 왜 옛날 사람들은 이렇게 소리를 내어 책을 읽었을까? 장유교의 〈오지보에게 보내는 글〉에 "인성구기(因聲

求氣)"라는 말이 나온다. 이는 '소리를 바탕으로 하여 기운을 추구한다.'는 뜻이다. 옛사람들은 글 속의 기운이 소리를 통해 나에게 전해진다고 생각한 것이다.

낭독이 좋은 점은 치유의 힘이 있기 때문이다. 스마트폰 없이는 전화번호를 외우지 못하는 현대인들의 새로운 질병, 디지털 치매! 낭독이 이런 디지털 치매 예방에 좋다는 연구 결과도 있다. 눈으로 읽으며 소리 내어 말하고 또 그 소리를 들으며 머릿속으로 뜻을 되새긴다. 이런 일련의 과정은 뇌를 자극하여 기억력을 강화하도록 돕는다. 낭독은 일종의 뇌 훈련법인 것이다. 조용한 곳에서 좋아하는 문장을 가만히 읊조려 보라. 어느새 소란스러웠던 마음이 가라앉고 힘 있는 문장들이 주는 긍정의 에너지가 온몸에 퍼지는 걸 느낄 수 있다.

소리를 내어 책을 읽는 것은 어린 자녀가 있는 집에도 도움이 된다. 자연스럽게 책 읽는 소리가 일상의 소리가 되어 자녀들도 덩달아 책을 읽고 싶은 욕구가 생기기 때문이다. 아직 어린 아이의 경우, 책을 눈으로 읽고 이해하는 독해력보다 책 이야기를 듣고 이미지로 떠올리며 이해하는 편이 더 쉽다. 우리 집 아들은 내가 소리 내어 책을 읽으면 옆에 와서 한참을 듣다가 모르는 단어를 물어보기도 한다. 자연스럽게 어휘력을 키울 수도 있다.

말하기는 말 그대로 책의 내용을 말로 전달하는 것이다. 가족이나 친구들에게 좋은 책을 직접 소개할 수도 있고, 간접적으로 책의 내용이나 인상적인 구절을 인용하여 평소 말하기에 활용할 수도 있다. 우리가 책 내용을 제대로 이해하고 싶다면 다른 이에게 이야기해 보자. 다 기억하고 있는 줄 알았는데 잊어버린 부분도 있을 것이고 말을 할 때 버벅대기도 할 것이다.

이때 다시 독서 기록을 펼쳐 본다. 말을 하기 위해 생각을 정리하고 적어 둔 것을 다시 살피는 과정에서 책의 내용이 머릿속에 각인된다. 말을 하라는 것이 잘난 체를 하라는 것은 절대 아니다. 뭔가를 가르치려 드는 꼰대가 되라는 것도 아니고, 도움을 줄 수 있는 정보나 위안이 되는 말을 건네는 것이다. 날 것의 말은 힘이 없어도 책에서 읽은 내용에는 주의를 기울이게 마련이다. 책의 힘을 빌려 말하는 연습을 해보자. 누군가를 살리는 말이 곧 나를 살린다.

스마트한 독서 도우미들

> **66**
>
> 나는 삶을 변화시키는 아이디어를
> 항상 책에서 얻었다.
>
> 벨 훅스
>
> **99**

읽고자 하는 마음이 있으면 어떻게든 읽게 된다. 허리가 아파서 누워 있는 나날 동안 건강 도서들을 읽었다. 책을 읽다 보니 어느 순간 목이 아팠다. 제법 무게가 있는 책을 하늘로 치켜들고 있기란 여간 힘든 일이 아니다. 옆으로 돌아누워 어정쩡한 자세로 읽어 나갔다. 어떤 자세를 취해 봐도 편하지 않았다. 없는 게 없는 세상인데 누워서 읽는 독서대도 있지 않을까? 검색을 했다. 세상에나! 있다 있어! 그렇게 신박한 아이템을 들이게 되었다.

남편 출장에 맞춰 제주도로 가족 여행을 갔다. 1일 1독 중인데 5권의 책을 들고 가기는 무리였다. 가서 사 읽자는 마음으로 2권만 챙겼다. 큰 서점은 제주시에만 있으니 관광지에서 거기까지 책을 사러 갈 수는 없는 노릇이었다. 근처에 작은 독립 서점들은 많았는데 주차가 마땅치 않고 들어간다고 해도 두 아들이 협조해 주지 않을 듯했다. 오로지 바다! 키즈카페! 동물!만 원했다. 궁리 끝에 전자책 앱을 다운받았다. 남은 기간 동안 휴대폰으로 전자책을 읽었다.

가만 생각해 보니 독서 생활에 종이책만 있는 게 아니다. 그 외에 책 읽기를 도와주는 많은 도구들이 있다. 사람의 취향에 따라 다르겠지만 혹시나 도움이 될까 하여 소개해 본다.

1) 독서 보조 애플리케이션

– 독서 달력: 책을 읽고 앱에 날짜와 별점을 기록한다. 제일 처음 사용했던 앱은 읽은 책과 별점만 보여 주는 독서 달력이 전부였다. 그러다 보니 어떤 장르의 책을 주로 읽는지 궁금했다. 그렇게 마음에 드는 독서 달력을 찾아 헤맸다. 몇 번의 실패를 거쳐 최종적으로 사용 중인 애플리케이션은 '북플립'이다. 읽은 책을 여러 통계자

료와 달력으로 보여 준다. 특히 좋은 점은 장르별로 통계를 내어 준다는 점이다. 나는 역시 자기계발서를 가장 많이 읽고 근접한 수 치로 인문사회 분야를 읽고 있었다. 좋아하는 작가가 누구인지도 분석해 주고, 다른 사용자들의 인생책이 무엇인지도 알 수 있다.

– 독서 메모: 에버노트는 메모 앱인데 컴퓨터나 스마트폰에서 동 기화되어 함께 사용할 수 있다. 책을 읽고 관심 있는 주제나 내 용이 나오면 태그를 붙여 메모해 둔다. 예를 들어 '독서법'에 관 한 내용 중 참고할 만한 내용이 나오면 '#독서법'이라고 태그를 붙이고 관련 내용을 옮겨 적는 식이다. 에버노트의 좋은 점은 메모에 사진이 바로 첨부된다는 점이다. 많은 작가들이 에버노 트, 노션 등 메모 애플리케이션을 적극적으로 활용한다. 이어령 교수도 에버노트를 사용했는데, 1만 4천 개가 넘는 메모를 저장 했다고 한다. 이 메모들이 책을 쓸 때 큰 역할을 한다고 생각하 면 기록을 게을리할 수 없다.

2) 전자책

전자책은 읽고 싶은 책을 바로 읽을 수 있다는 것이 가장 큰 장점이다. 책을 사러 나가지 않아도 되고, 택배가 도착하기를 기다리지 않아도 되니까. 요즘은 전자 도서관도 잘되어 있다. 전자 도서관을 이용해 전자책을 대출, 반납, 예약할 수 있다. 일반 도서관에서는 책이 여러 권 있지 않은 한 대출 가능 수가 1명이다. 그러나 전자책은 동시에 여러 명이 대출할 수 있다. 도서관까지 왔다 갔다 하지 않아도 되니 몸이 불편하거나 날씨가 궂은날 이용하기 좋다. 최근에는 월정액 독서 앱에 가입하여 전자책을 읽고 있다. 첫 달은 무료로 사용할 수 있으니 체험해 볼 기회도 있다. 더 사용하지 않을 때는 다음 달 결제일 이전까지 구독 해지 하는 것만 잊지 마시길!

3) 오디오북

오디오북을 처음 접했을 때는 손으로 책을 들 힘조차 없을 때였다. 허리의 통증으로 누워서 책을 읽다 보니 팔이 아파 왔다. 옆으로 누워서 책을 읽으니 목에도 통증이 생겼다. 그렇게 책을 읽지 못하는 건가 상심해 있을 때 '오디오북'을 알게 되었다. 때마침 《페스트》[47]를 무료로 대여해 주어 공짜로 오디오북을 들을 수 있었다. 전문 성우가 읽어 줘서인지 장면 장면들이 살아 움직이는 듯 생생했다. 시간 가는 줄 모르고 들었던 기억이 난다. 이후 독서대의 도움을 받은 후부터 오디오북을 멀리했는데 최근 다시 듣기 시작했다. 바로 운동할 때! 밖에서 걸을 때는 최대한 생각에 집중하는데, 집에서 바이크를 탈 때는 오디오북을 즐겨 듣는다. 책을 읽는 것만큼이나 듣는 것도 몰입도가 높다. 원하는 목소리 톤이나 성별을 변경할 수 있어서 취향에 맞게 들을 수 있다.

4) 독서대

– 휴대용 독서대: 독서대라고 하면 튼튼한 원목 독서대만 떠올렸는데 요즘은 가벼운 휴대용 독서대가 많다. 내가 사용하는 독서대를 예로 들면, 무게가 250g으로 책보다 가볍다. 사이즈는 접었을 때 77×245×18mm로 가방에 넣고 다니기 좋다.

– 누워서 보는 독서대: 허리가 아파서 누워 지낼 때 알게 된 독서대이다. 일명 눕서대. 몸이 불편한 상황에서 누워 있어야 하는데 책을 읽거나 공부를 해야 한다면, 눕서대의 존재에 감사하게 될 것이다.

5) 백색 소음

백색 소음의 존재는 아이를 키우며 처음 알게 되었다. 아이들이 잠을 잘 때 드라이기 소리나 청소기 소리를 들어도 깨지 않는 게 신기했다. 그런데 가전제품 중에서도 저주파 기계음이나, 라디오의 잡음, 파도 소리 등은 심리적 안정을 불러와 수면을 유도한다는 것이다. 백색처럼 넓은 음폭을 가졌다고 하여 백색 소음이라 불린다고.

〈공부의신 강성태〉유튜브에는 공부할 때 집중력을 높이는 각종 백색 소음 ASMR 영상들이 다양하게 올라와 있다. 〈Lofi Girl〉채널은 2020년 2월부터 1년 넘게 라이브로 음악을 재생 중이다. 그 중 〈beats to relax/study to〉를 들으며 공부해서 시험에 합격했다는 후기들이 종종 올라온다. 나도 책을 읽거나 글을 쓸 때 이 음악을 틀어 둔다. 저음질 음원이라 미세한 잡음들이 섞여 있는데 이게 묘하게 안정감을 준다.

글쓰기 모임의 한 회원은 글을 쓸 때 늘 빗소리를 틀어 놓는다고 한다. 독서뿐 아니라 공부를 할 때나 휴식을 취할 때 자기만의 백색 소음 혹은 잔잔한 음악이 있다면 마음을 다스리는데 도움이 될 것이다.

독서에도 보상이 필요하다

> 평생 제일 좋았던 날은
> 책이 도착하는 날들이었다.
>
> 도리스 레싱

학교에서 단원이 끝나면 복습하는 의미로 골든벨 형식의 퀴즈나 다양한 게임 활동을 진행한다. 이때 사탕 하나라도 걸면 아이들 눈빛이 변한다. 얼마나 적극적인지. 우리 집 아이들도 마찬가지다. 매일 약속한 분량의 공부와 독서가 끝나면 포도송이에 스티커를 붙이고 독서 일지에 기록을 한다. 10개가 모이면 2천 원 상당의 선물을 준다. 미니 변신카를 중고로 잔뜩 사 두었다가 하나씩 나눠 주기도 하고, 색칠 놀이 책을 사 주기도 한다.

이렇게 물질적인 것에 의한 것을 외적 보상이라 한다.

반대로 내적 보상도 있다. 우리가 흔히 쓰는 칭찬이 그에 속한다. 밥을 잘 먹을 때, 정리를 잘할 때 칭찬을 해 주면 아이들은 흐뭇한 표정으로 제법 우쭐거리며 말한다. "난 이제 형아니까 잘하는 거예요~!" 그러고선 다른 어질러진 곳이 없는지 더 찾으러 다닌다. 스스로 뿌듯함과 만족함을 느껴 어떤 행동을 더 열심히 하는 것. 이것 자체로 멋진 내적 보상이다.

가만 보면 아이들만 그런 것은 아니다. 독서 모임을 운영할 때, 열심히 참여한 사람에게 선물을 드린다고 하면 참여도가 다르다. 그래서 시작할 때 만 원이라도 돈을 내고 모집하는 곳도 있다. 목표를 달성하며 100% 환급을 목표로.

사실 가장 좋은 것은 스스로 책 읽기가 좋아서 다른 보상 없이 그냥 즐기는 것이다. 그러나 그렇게 되기까지 독서 습관을 기르기 위해 보상을 적절히 활용하면 좋다. 책 읽기는 바로바로 결과물이 나오는 활동이 아니기 때문에 독서 습관을 기르기 위해서는 필연적으로 노력이 필요하다. 이때 보상 체계가 책을 읽겠다는 의지에 동기가 될 수 있다.

스스로 자기 독서를 경영하는 대표라고 생각하고 보상 계획을 짜보자. 아래는 김애리 작가의 책[48]을 읽고 실제로 내가 활용했던 보상표이다. 오른편에 여러분의 보상표도 작성해 보자.

보상	목표량	목표날짜	나에게 주는 선물	목표량	목표날짜	나에게 주는 선물
단기보상	7권	1주일	읽고 싶은 책 1권 사기			
중기보상	100권	2021. 1.	겨울 패딩			
	200권	2021. 4.	필라테스 등록			
	300권	2021. 7.	여행			
장기보상	365권	2021. 10.	아이패드 & 애플펜슬			

단기 보상은 3일 혹은 1주일 동안 책을 1쪽이라도 매일 꾸준히 읽었을 때 나에게 주는 선물이다. 나는 1일 1독이 목표였다. 그래서 1주일에 목표량이 7권이었고 성공했을 때 읽고 싶은 책을 보상으로 주었다. 지금도 그렇지만 내게 최고의 선물은 아직 읽어 보지 않은 책이다. 꼭 물질로 보상할 필요는 없다. 친구와 카페에서 수다 떨기, 밀린 드라마 몰아보기 등도 강력한 보상이다.

중기 보상은 단기 보상의 기준에 따라 1개월로 할 수도 있고 6개월로 할 수도 있다. 단기 보상을 자주 하는 게 더 효과적이라면 중기 보상은 조금 길게 잡아도 된다. 전적으로 기간과 목표는 본인에게 달렸다.

나는 3개월에 100권을 목표로 했고 대체로 잘 지킨 편이다. 중간에 한 달 가까운 휴독기를 가졌으나, 1일 1독 초반에 2~3권씩 읽기도 했고, 남은 두 달 조금 넘는 기간 동안 1~2권씩 읽어 결과적으로 1년 365권 읽기에 성공했다.

장기 보상은 최종 목표를 달성했을 때 주는 선물이다. 나는 아이패드로 디지털 드로잉을 배워 내 책에 삽화를 그려 넣는 게 꿈이다. 아이들을 위한 어린이 책을 출간할 꿈을 꾸며 나에게 아이패드를 선물했다. 이렇게 최종 선물은 또 다른 꿈을 위한 발판이 되도록 정해 보면 좋겠다.

<참고: 초등학교 저학년 자녀 독서 일지>

목차	읽은 날짜	책 제목	지은이	출판사	별점
1	/				☆☆☆☆☆
2	/				☆☆☆☆☆

3	/			☆☆☆☆☆
4	/			☆☆☆☆☆
5	/			☆☆☆☆☆
6	/			☆☆☆☆☆
7	/			☆☆☆☆☆
8	/			☆☆☆☆☆
9	/			☆☆☆☆☆
10	/			☆☆☆☆☆

초등학교 1학년 아들이 활용했던 독서 일지다. 이맘때 독후 감 쓰기를 억지로 시켜 아이에게 부담을 주는 것보다 책을 읽고 이야기 나누는 시간이 더 중요하다. 이 책을 누구에게 소개해 주고 싶은지, 책을 읽고 직접 실천해 보고 싶은 말이나 행동이 있는지 물어본다.

대신 위의 표를 활용하여 간단한 독서 기록을 남기고 책 30 권을 채우면 소소한 선물을 준다. 집 앞 문구점이나 마트에서 갖고 싶은 것이나 먹고 싶은 것을 사 주는 식이다. 금액은 아이 와 의논해서 정하면 되는데 모든 보상이 그렇듯 주객이 전도되 는 일이 없도록 적절히 활용하는 것이 좋다. 유아의 경우 따로 독서 일지는 쓰지 않고, 스티커를 붙이거나 도장을 찍는 형식으로 보상을 활용하면 좋겠다.

<참고: 유아용 독서판>

_____ (이)의 독서 기록									
1	2	3	4	5	6	7	8	9	10
11	12	13	14	15	16	17	18	19	20
21	22	23	24	25	26	27	28	29	30
31	32	33	34	35	36	37	38	39	40
41	42	43	44	45	46	47	48	49	50
51	52	53	54	55	56	57	58	59	60
61	62	63	64	65	66	67	68	69	70
71	72	73	74	75	76	77	78	79	80
81	82	83	84	85	86	87	88	89	90
91	92	93	94	95	96	97	98	99	100

독서 슬럼프에서 벗어나기

> 어떻게 해서든지 읽지 않으면 안 되겠다는 생각으로
> 읽는 책은 좋은 벗이 되지 못한다.
>
> W.D. 하우엘즈

갑자기 찾아온 슬럼프. 소리 소문 없이 다가와 무기력의 늪으로 우리를 한없이 밀어 넣는다. 1일 1독을 시작한 지 5개월 무렵이었다. 아무것도 하고 싶지 않고 잠만 쏟아졌다. 처음에는 따뜻한 날씨에서 오는 나른함이라 여겼다. 운동을 하고 색다른 음식을 챙겨 먹으며 기분 전환을 시도해 보았다. 기분이 조금 나아졌다. 그런데 문제가 아직 남아 있었다. 책이 읽히지 않는다는 것! 처음으로 1일 1독에 먹구름이 드리워졌다. 의무감에 사로잡혀 꾸역꾸역 감흥 없이 책을 읽어 나갔다. 이게 말로만 듣던 독서 슬럼프인가?

책을 들고 집 밖을 나가 봐도 소용이 없었다. 그냥 멍하니 하늘만 바라봤다. 왜 이렇게 책이 눈에 들어오지 않을까? 내가 어디로 가고 있는지, 그 끝에는 뭐가 있는지. 알 수 없는 불안감이 올라왔다. 갑자기 둑이 터지듯 마음 깊은 곳에서 별의별 생각들이 동시다발적으로 쏟아져 나왔다. '이렇게 사는 게 맞는 건가? 하루에 1권 읽는다고 뭐가 달라지나? 애들 보내 놓고 집에서 좀 뒹굴고 쉬지 뭐하려고 이렇게 애쓰고 있나?'

머릿속이 부정적인 감정으로 가득 찼고 점점 더 불안해졌다. 이런 상태로 계속 책을 읽는 건 의미가 없어 보였다. 과감히 책을 덮었다. 책상 근처를 서성이다 뭉툭한 연필들을 깎기 시작했다. 서걱서걱 연필 깎는 소리가 마음에 안정을 주었다. 기왕 깎은 김에 아무 노트나 펼쳐 들고 끄적거리기 시작했다. 떠오르는 생각과 느낌을 토해 내듯이. 흘림체로 가감 없이 써 내려갔다. 순식간에 한쪽을 채우고도 모자라 다음 페이지로 넘어갔다. 왜 이렇게 책이 읽히지 않는지, 무엇이 그리도 답답한지 두서없는 마음들이 노트에서 아우성쳐 댔다. 내 속에 쌓인 묵은 감정의 먼지들을 찾아내 구석구석 털어 내는 느낌이었다. 불안함이 조금 사그라들었다.

페니베이커 교수진의 실험에 따르면 4일 동안 '하루 15분, 부정적인 감정에 관해 쓰기'[49]를 지속하자 부정적인 감정이 점차 긍정적으로 전환되었다고 한다. 무엇을 먹고 누구를 만났다는 객관적 사실이 아니라 자신의 감정을 글로 쓰는 것이다. 보통 '생각했다' '깨달았다' '느꼈다' 등을 쓰게 되는데, 이렇게 자신의 감정을 나열해 보는 과정에서 부정적인 감정이 줄어든다고 한다. 내 상황이 딱 그랬다. 부정적인 감정을 쓰면서 그 근원이 되는 부정적인 생각을 멈출 수 있었다. 이 외에도 슬럼프 극복에 도움이 되었던 것들을 나름대로의 경험을 바탕으로 정리해 보았다.

1) 알아차리기: 슬럼프에 빠졌을 때 가장 중요한 단계다. '아… 슬럼프가 왔구나.' 하고 알아차리는 것이다. 다음은 잠시 멈춰서 부정적인 생각들을 찬찬히 살핀다. 무엇이 나를 힘겹게 만드는지. 요즘 세끼 밥은 잘 챙겨 먹고 있는지. 가족이나 지인들과의 관계는 어떤지. 전반적인 삶을 추스르다 보면 문제 지점을 발견한다. 바깥이 아닌 나의 내부에서 발견할 수도 있다. 모든 것이 순조로운데 내 마음이 스스로 고통을 만들어 내고 있을지도 모른다.

2) 감정 쓰기: 그럴 때 내가 했던 방법처럼 빈 종이를 펼쳐 놓고 글을 써 보길 권한다. 쓰기를 거듭하다 보면 엉킨 실타래의 실체가 드러날 것이다. 손으로 살살 풀어낼 수도 있고, 가위로 싹둑 잘라야 할 수도 있다. 어찌 되었건 마구잡이로 엉킨 실을 바닥에 펼쳐 놓듯, 마음속 깊이 엉킨 감정들을 종이에 풀어내야 한다. 그렇게 자꾸 끄집어내 쓰다 보면 독서와 관련한 마음들과 직면하기도 한다. 그리고 앞으로의 독서 방향과 책을 읽는 마음가짐 등을 새로이 하는 계기를 마련할 기회가 주어진다.

3) 멘토 만나기: 다음으로 멘토를 만나는 방법이 있다. 나에게는 인생의 선배이자 보물인 사람들이 있다. 그중 나이가 6살 많은 대학 동기 언니는 대학교 때부터 '엄마'라고 부를 정도로 늘 든든한 지지자이자 조언자이다. 20살에 만난 인연인데 벌써 20년이 다 되어 간다. 그동안 겪은 슬픔과 기쁨 모두를 알고 있고 그 누구보다 나를 깊이 이해하는 사람, 그 어떤 치부를 드러내도 괜찮은 사람이다. 마음이 괴로울 때나 이유 없이 무기력할 때, 전화기를 들어 언니를 찾는다. 그러면 신기하게도 내게 꼭 필요한 조언과 따뜻한 위로가 돌아온다. 나의 자존감을 지켜 주며 사랑으로 지지해 주는 사람들이 주위에 있는 건 크나큰 복이다.

4) 새로운 장소 탐험하기: 때론 생각지도 못한 곳에서 깨달음을 얻기도 한다. 매일 머무르는 공간에서 잠시 빠져나와 보자. 만약 집에서 가장 많은 시간을 보내고 있다면 집 밖으로 나가는 것이다. 근처에 도서관이나 서점으로 가도 좋다. 늘 집에서만 책을 읽다가 다른 곳에서 책을 만나면 괜히 반갑고 더 읽고 싶어진다. 만약 책은 꼴도 보기 싫다면, 책과 아주 상관없는 곳으로 가 보자. 전시회도 좋고, 귀여운 소품을 파는 가게도 좋다. 나는 평소가 보지 않은 골목길을 배회하기도 한다. 꼭 피렌체의 뒷골목처럼 생각지 못한 가게나 풍경들을 만나게 된다. 사진도 찍어 보고 쇼핑도 즐겨보자. 꼭 돈을 지불하지 않더라도 눈과 마음에 가득 담은 새로움이 다시 하루를 살아갈 원동력이 된다. 덕분에 다시 책을 읽게 되기도 한다.

5) 지금 이 순간 살기: 사실 제일 중요한 방법이다. 다른 사람이 슬럼프를 대신 겪어 줄 수도, 거기서 견뎌 내 줄 수도 없다. 슬럼프를 극복하는 것은 결국 우리 마음먹기에 달렸다. 내 속의 부정적인 생각들은 사실이 아님을 알자! 그 생각들에 속지 말자. 우리에게는 무엇이든 이룰 수 있고 될 수 있는 내면의 힘이 가득하다. 꼭 명심하자. 그럼에도 불구하고 부정적인 생각이 떠오른다면? 그냥 있는 그대로의 생각을 받아들이자. '아, 지금 내가 ㅇ

○ 때문에 불안하구나.' 하고 인정해 버리자. 그리고 그런 불안은 사람이라면 누구나 갖는 자연스러운 감정이라고 생각하라. 다른 사람과의 비교도 절대 금물이다. 각자 삶의 속도가 다를 뿐이다. 나는 내 삶에 어울리는 속도대로 살아가면 된다. 지금 이 순간! 열린 마음으로 새로운 모험과 도전을 시도하며 용기 내어 삶을 즐기자.

스티브 잡스가 병상에서 썼던 글이 인터넷상에서 한때 화제가 되었다. 함께 읽으며 마음을 다잡아 보자.

"지금 이 순간에, 병석에 누워 나의 지난 삶을 회상해 보면, 내가 그토록 자랑스럽게 여겼던 주위의 갈채와 막대한 부는 임박한 죽음 앞에서 그 빛을 잃었고 그 의미도 다 상실했다. 이제야 깨닫는 것은 평생 배 굶지 않을 정도의 부만 축적되면 더 이상 돈 버는 일과 상관없는 다른 일에 관심을 가져야 한다는 사실이다. 그건 돈 버는 일보다는 더 중요한 뭔가가 되어야 한다.

평생에 내가 벌어들인 재산은 가져갈 도리가 없다. 내가 가져갈 수 있는 것이 있다면 오직 사랑으로 점철된 추억뿐이다.

그것이 진정한 부이며 그것은 우리를 따라오고, 동행하며, 우리가 나아갈 힘과 빛을 가져다줄 것이다.

사랑은 수천 마일 떨어져 있더라도 전할 수 있다. 삶에는 한계가 없다. 가고 싶은 곳이 있으면 가라. 오르고 싶은 높은 곳이 있으면 올라가 보라. 모든 것은 우리가 마음먹기에 달렸고, 우리의 결단 속에 있다."

6) 세로토닌 분비 늘리기: 세로토닌이란 뇌에서 감정 조절과 관련한 신경전달물질 중 하나다. 많은 연구를 통해 세로토닌이 부족하면 무기력해지고 심할 경우 우울증에 빠지게 됨이 밝혀졌다. 세로토닌 분비량을 늘리려면 어떻게 해야 할까? 우리는 이미 그 방법은 잘 알고 있다. '매 끼니 잘 챙겨 먹기, 충분한 빛 받으며 걷기, 스트레스받지 않기.'

마지막으로 독서 슬럼프에 빠졌을 때, 《정민 선생님이 들려주는 고전 독서법》[50]에 나오는 이야기 한 편이 위로를 주었기에 첨부해 본다.

예전에 어떤 사람이 책을 읽다 말고 바닥에 집어 던지며 이렇게 말했다.

"이깟 책을 읽어 본들 무슨 소용이야! 책만 덮으면 하나도 생각이 나지 않는데."

그러자 옆에 있던 사람이 대답했다.

"여보게! 그렇지가 않네. 자네가 밥을 먹더라도 그 밥이 배 속에 계속 머무르지 않고 똥이 되어 나오지 않는가? 하지만 밥 속의 정채로운 기운이 자네의 육신에 힘을 주어 건강하게 살 수 있게 한다네. 책을 읽고 나서 즉시 잊어버린다 해도 알게 모르게 자네에게 영양분을 주고 있는 것일세. 조금씩 모르는 사이에 변화하는 법이라네. 그런 말 말고 열심히 읽게나."iii)

살면서 누구나 크고 작은 인생의 위기를 만난다. 그때마다 흔들리는 것이야 다 마찬가지겠지만, 조금 덜 흔들리고, 다시 삶으로 나아가기 위해 우리는 꾸준하게 책을 읽어야 한다. 독서를 시작했다면 당장 눈앞에 큰 변화가 없다고 해서 지레 포기하지 말자. 우리의 이 무한한 반복은 결국 '차이'를 만들어 낼 것이다. 보이지 않을 뿐 이미 변화는 시작되었다.

---

iii) 《정민 선생님이 들려주는 고전 독서법》, 정민 지음, 보림, 139쪽

제5장

1일 1독 1년의 기적,
루틴 있는 삶

아주 작은 반복의 힘

"특별한 재능, 특별한 적성, 특별한 훈련은 필요하지 않다.
능력 있는 경영자에게 필요한 것은
단순한 몇 가지 일을 꾸준히 하는 능력이다."

피터 드러커

나는 눈을 뜨자마자 아침 일기를 쓰며 묵은 감정을 털어 낸
다. 매일 해야 할 일을 플래너에 쓰고 우선순위를 정한다. 하루
의 시간을 쪼개 틈틈이 책을 읽으며 넓어진 시야와 단단한 마
음을 장착한다. 걷기와 요가를 통해 건강한 신체를 유지한다.
무슨 일이든 체력이 가장 중요하기에 잘 자고 잘 먹는 건 기본이
다. 감사 일기 쓰기로 나의 하루를 되돌아보고 기쁜 내일을 꿈
꾸며 잠이 든다.

온라인과 오프라인으로 독서 밴드와 독서 모임을 진행 중이다. 이토록 좋은 책을 더 많은 사람이 함께 읽고 같이 성장했으면 좋겠다는 생각으로 시작한 일이다. 처음에는 무기력한 삶에서 벗어나고 싶어서 혼자 읽고 썼다. 그것이 어느새 많은 사람과 함께하는 일로 확장되었다. 주변 사람들 모두가 행복해졌으면 좋겠다는 간절하고 진심 어린 마음들이 내 행동에 추진력이라는 날개를 달아 주었다.

가까이서는 남편의 변화가 가장 크다. 적금 말고는 관심도 없었던 남편이 경제 공부에 열심이다. 새롭게 알게 된 내용을 공유하느라 저녁 시간이 즐겁다. 책에는 전혀 관심이 없던 남편이 "나도 그 책 한번 읽어 봐야겠다."라는 말까지 했다. 아직 그 책을 펼쳐 들지는 않았지만, 그런 마음이 들었다는 것만으로도 굉장히 성공적이라는 생각이 들었다.

남을 변화시키는 건 정말 어렵다. 그러나 내가 변하는 건 오롯이 나의 몫이다. 내가 변화되고 즐기면 서서히 주변도 물들게 되고 결국에는 긍정적인 변화가 생긴다. 《채근담》[51]에 "작은 일을 소홀히 하지 않고, 실패했을 때도 포기하지 않는 사람이 진정한 영웅이다."라는 내용이 있다. 누구나 할 수 있는 작고 사소한 행동들이지만, 하루하루 쌓이고 쌓이면 큰 힘이 된다. 무엇보다 이 작은 일들이 나를 새롭게 세운다.

작은 행동들이 무수히 쌓여 내가 변하고 인생이 바뀐다. 그 변화는 내 주위를 둘러싼 가족, 친구를 포함한 작은 사회에 선한 영향력을 끼칠 것이다. 작은 일들이 쌓여 큰일을 이룬다는 지극히 평범한 진리를 잊지 말자. 소량의 소금이 파이 맛을 좌우하듯, 매일 일어나는 사소하고 하찮아 보이는 일들이 우리의 삶을 변화로 이끈다. 그 변화의 방향이 좋은 것을 향해 나아가도록 하루하루를 정성스럽게 쌓아 가기로 하자.

아주 작은 독서의 힘

우리가 할 수 있는 하루의 작은 일 중에서도, 이 글을 읽는 분들이 꼭 했으면 하는 것이 바로 '독서'다. 하루 몇 장 아니 몇 줄이라도 책을 읽는 습관을 들인다면 여러분들의 인생이 더 다채롭고 행복해질 것이다.

사람들은 누구나 긍정적인 방향으로 변화하기를 원한다. 인생이 좀 더 나아지길 바란다. 그래서 매해 새벽 기상과 영어 공부, 독서 등을 새해 목표로 세운다. 어떤 행위를 오랫동안 되풀이하는 과정에서 저절로 익혀진 행동 방식을 '습관'이라고 한다. 당신은 어떤 좋은 습관을 가지고 있는가? 그중에서 가장 갖고 싶은 습관은 무엇인가? 나는 책 읽기를 나의 습관으로 정착시켰다. 당신도 이 좋은 습관을 함께했으면 좋겠다.

《아주 작은 반복의 힘》[52]을 읽고 독서 습관을 기를 수 있는 방법을 생각해 보았다. 천릿길도 한걸음부터라는 말처럼 독서가 정말 처음인 분은 구체적인 목표가 필요하다. 책을 읽는 습관이 전혀 없는데 처음부터 '책 1권 읽기'를 목표로 하면 금세 지친다. 차라리 '책을 펴면 무조건 한 페이지는 읽는다!'고 정하는 게 더 현실적이다. 아침에 눈 뜨자마자 혹은 잠자리에 들기 전에 한 페이지를 읽는 것이다. 하루 중 꼭 하게 되는 일과와 새롭게 만들고 싶은 습관을 합친다.

물론 이마저도 어려울 수 있다. 그렇다면 목표를 더 작게 쪼개야 한다. 무조건 성공할 수밖에 없는 가장 작은 단위로. 극단적으로는 '하루 한 번 읽고 싶은 책 꺼내 제목만 읽기' 같은 최소한의 목표가 필요하다. 그것을 달성했을 때 점점 목표량을 늘려가야 한다. 정말 실패할 수가 없는 목표를 정해 보자.

1) 눈 뜨자마자 오늘 읽을 책의 표지를 보고 쓰다듬어 본다.

2) 따뜻한 물 한 컵을 마시며 책 한 줄을 읽는다.

3) 화장실에 볼일을 보며 책 한 줄을 읽는다.

4) 출근 시간 대중교통을 이용할 경우 책 한 줄을 읽는다.

5) 업무 시작 전에 책 한 줄을 읽는다.

5) 점심시간에 책 한 줄을 읽는다.

6) 퇴근 전에 책 한 줄을 읽는다.

7) 퇴근 시간에 대중교통을 이용할 경우 책 한 줄을 읽는다.

8) 약속 장소에서 상대방을 기다리는 시간에 책 한 줄을 읽는다.

9) 양치하는 3분의 시간 중 1분의 시간 동안 양치를 하면서 책 한 줄을 읽는다.

10) 잠자리에 들기 전에 책 한 줄을 읽는다.

위의 열 가지 외에도 각자의 상황에 따라 더 많은 자투리 시간이 나올 것이다. 처음에는 욕심을 부리지 말고 딱 한 가지 상황만 정해 실천한다. 아주 작은 목표를 달성했는가? 이제는 목표량을 조금씩 늘려 나가면 된다. 눈 뜨자마자 한 줄을 읽는다거나 자기 전에 한 줄 읽기를 추가하는 것이다. 그 두 가지 상황에서 책 읽기가 습관이 되면 다음에는 한 줄이 아니라 세 줄,

한 페이지 등과 같이 독서량을 늘려 본다. 본인 스스로 지치지 않고 해낼 수 있는 범위까지만!

습관이 형성되려면 최소 21일이 걸린다고 한다. 그러나 경험상 더 오랜 시간이 필요하다. 오랫동안 지속하려면 지치지 않도록 페이스를 조절하는 것이 가장 중요하다. 꾸준히 하루하루를 채우다 보면, 어느덧 책 1권을 다 읽은 모습에 놀라워할 날이 반드시 온다. 습관이란 참 무섭다. 나도 모르게 하고 있다. 그즈음에는 습관이라는 말보다 아예 시스템화되어 버렸다는 말이 더 적절한 표현일지도 모르겠다. 자동적으로 책을 펼쳐 자연스럽게 읽고 있는 자신의 모습을 발견하게 될 것이다.

아침에 자고 일어나 물 한 컵을 마시고, 자연스레 책장으로 가서 읽을 책을 고른다. 혹은 어제 읽다 만 책을 집어 든다. 그리고 조용히 읽어 나간다. 식구들이 깨기 전 조용한 시간이라면 더 좋겠다. 아침 식사와 분주한 아침 준비가 끝나면, 또다시 책을 집어 든다. 출근길에도, 점심 식사 후 짧은 휴식 시간에도, 집에서도 마찬가지다. 책이 없는 내 모습을 떠올리는 게 더 어색할 정도로 늘 책을 가지고 다니며 읽는다. 휴대폰 속의 맥락 없는 정보들보다 지금 손에 들린 책이 훨씬 더 의미 있고 재미있다. 하루 일과를 마치고 또다시 나만의 시간을 갖게 된다면 역시 독서를 한다. 책이 재미있어서 잠을 자기가 아쉬울 정도다.

"한 문장이라도 매일 조금씩 읽기로 결심하라.
하루 15분씩 시간을 내면 연말에는 변화가 느껴질 것이다."

호러스맨

어떻게든 시간을 쪼개어 책을 읽기 위해 노력하는 여러분의 모습을 떠올려 본다. 하루를 잘 들여다보며 자투리 시간을 이용해 책을 읽자. 분명 의미 있는 변화를 느끼게 될 것이다. 당신의 일상에 독서가 스며들기를 바란다. 쥐도 새도 모르게! 다만 꾸준히!

그들은 왜 이불을 개는가?

66

반복적으로 무엇을 하느냐가 우리를 결정한다.
그렇다면 탁월함은 '행위'가 아니라 '습관'이다.

아리스토텔레스

99

타이탄들이 아침에 일어나 가장 먼저 하는 일이 무엇인 줄
아는가? '타이탄'이란 팀 페리스가 쓴 《타이탄의 도구들》[53]에 나
오는 표현인데, '거인'이라는 뜻으로 각 분야에서 최정상에 오른
이들을 일컫는다. 그에 따르면, 타이탄들은 아침에 일어나 가장
먼저 이부자리를 정리한다고 한다. 왜 그들은 이불을 개는가?
흐트러짐을 넘어 두 아들의 장난으로 바닥에 굴러다니기까지
하는 내 이불에 적신호가 켜졌다. 대체, 이불 개기가 성공과 무

슨 상관이란 말인가? 뭐 그리 어려운 일도 아닌 것 같으니 직접 해 보기로 했다. 나는 프로 시작러니까!

그리고 하루 이틀. 나에게 생긴 변화를 살펴보았다. 먼저, 안 방 문의 개폐 정도가 달라졌다. 원래는 환기가 될 정도로 아주 조금만 열어 두었는데. 이불을 개고 나서부터는 안방 문을 활짝 열어 두게 되었다. 지나다니며 흘끗 침대를 볼 때마다 기분이 좋 아지기 때문이다. 깔끔하게 정리된 모습이 뿌듯하고 작은 성공 경험이 다른 일들도 잘 해낼 수 있을 것 같은 자신감으로 이어 진다. "짝짝짝. 축하합니다. 오늘의 첫 번째 미션을 완수하셨습 니다." 이토록 사소하고 평범한 아침 루틴이 하루를 빛나게 만들 다니!

타이탄들도 매일 아침 잠자리를 정돈하는 행동이 그날의 첫 과업을 달성한 것으로 간주한다. 작지만 스스로의 힘으로 무언 가를 해냈다는 성취감을 만끽한다. 이러한 감정은 곧 자존감으 로 이어지고, 더 나아가 또 다른 일을 해낼 수 있는 용기로 발전 한다. 작디작은 행동이 성취감과 자존감, 용기로 발전하여 성공 의 불쏘시개가 되어 주다니. 역시 사소함의 힘은 크다.

이쯤 되니 궁금증이 생긴다. 이불을 개는 것은 루틴으로 봐야 할까? 아니면 습관인가? 루틴과 습관의 차이가 알고 싶어졌다. 《데일리 루틴》[54]을 쓴 허두영 작가는 루틴과 습관에 대해 다음과 같이 정의한다. "습관은 특정 신호에 반응하는 자동화된 욕구이고, 루틴은 좋은 습관을 만들기 위해 실천하는 일련의 의식이다." 굳이 이 둘을 구분 지을 필요가 있을까 싶다. 결국 좋은 습관을 만들기 위한 일련의 과정이 루틴이니 이 둘은 떼려야 뗄 수 없는 관계라는 정도로만 알고 넘어가자.

많은 기업가나 작가들에게 본인만의 루틴이 있다. 애플 최고 경영자 팀 쿡은 매일 새벽 3시 45분 기상 후 5시에 체육관에서 운동을 하고 6시 30분에 출근을 해서 밤 10시에는 잠자리에 든다. 소설가 무라카미 하루키는 새벽 4시에 일어나 5~6시간 동안 글쓰기 작업을 한 다음 오후에는 달리기나 수영을 한다. 이들뿐 아니라 많은 작가, 기업가, 예술가 등이 저마다의 루틴을 가지고 매일 지속한다.

남편이 좋아하는 테니스 선수 나달은 서브를 넣기 전에 엉덩이, 양어깨, 코, 귀를 만지는 본인만의 독특한 의식을 거친다. 이것도 본인만의 루틴이 아닐까? 보도 셰퍼는 "루틴을 가지면 실패할 틈이 없다."라고 말한다. 다양한 분야에서 성공한 사람들, '진정한 나'를 발견하고 일상을 성실히 살아가는 사람들에게서 찾을 수 있는 한결같은 비결, 바로 루틴이다.

루틴 있는 삶

나도 나의 일상에서 흔들려도 나아갈 수 있는 힘, 루틴을 갖고 싶었다. 그래서 또 읽었다. 간절하게 구하니 책에서 내가 원하는 루틴들이 쏟아졌다. 《미라클모닝》[55]을 읽고 새벽 기상을 배웠고, 《아티스트 웨이》를 읽고 모닝 페이지의 존재를 알게 되었다. 루이스 헤이와 오프라 윈프리가 쓴 책을 읽고 긍정 확언과 감사 일기의 중요성을 깨달았으며, 《보물지도》[56]를 참고하여 나만의 비전 보드를 만들어 벽에 붙여 두었다. 그렇게 흩어진 과업들을 그러모아 나만의 하루 루틴을 만들어 실천 중이다.

1. 새벽 4시 30분 기상
2. 누워서 스트레칭
3. 이불 개기
4. 따뜻한 물 한 잔 마시며 보물지도 보기
5. 세수하며 긍정 확언

6. 모닝 페이지 쓰기

7. 플래너 작성하며 우선순위 정하기

8. 아침 독서와 글쓰기

9. 자기 전 플래너 확인 후 감사 일기 쓰기

최대한 아이들이 잠든 시간을 활용해 나만의 시간을 가지려 하다 보니 아침 시간을 활용하게 되었다. 저녁 시간에 해 보니 아이들이 덩달아 잠을 자지 않아서 어쩔 수 없는 선택이었다. 말로만 듣던 미라클모닝! 원래도 밤잠이 많은 편이라 일찍 잠들기 때문에 새벽 기상은 생각보다 괜찮았다. 물론 아이들을 재우고 나 홀로 갖는 고요한 시간을 포기해야 하는 아쉬움이 있지만, 그 오롯함은 새벽으로 미뤄 두고 늦어도 10시 전에는 잠자리에 든다. 그리고 4시 반에 일어나 모닝 루틴을 차례차례 이어간다. 처음에는 6시였는데 조금씩 앞당긴 결과다.

늦잠을 자고 부스스 일어나 허겁지겁 아침을 준비하던 때와 확연히 다른 아침을 맞이한다. 아이들을 깨울 때 전에 없이 부드러워졌다. 왜 안 일어나느냐고 소리 지르지 않는다. 옆에 가서 뽀뽀도 하고 마사지도 하며 "멋진 아들, 사랑해~. 잘 잤니?"를 연발한다. 나도 어릴 때 아빠가 늘 팔다리를 주무르며 깨워 주셨다. 그 기분이 참 좋았다. 사랑과 격려의 손길. 나도 아이들이 편하게 눈을 뜰 수 있도록 돕고 싶다. 그러나 시간에 쫓기다 보면 안부는커녕 서로 얼굴 붉힐 일만 생긴다. 아이들과 무슨 꿈을 꿨는지 안부를 묻고 평화로운 아침을 맞이하고 싶다면 미라클모닝을 권해 본다.

우리 모두에게는 똑같이 새로운 오늘이 주어진다. 하지만 엄밀히 말하면 누구에게나 똑같이 주어지는 것은 아니다. 어떤 이는 지옥 같은 아침을 맞이하고, 어떤 이는 상쾌하고 기대감 넘치는 하루를 시작한다. 전자와 후자의 차이는 역시 루틴의 존재 여부 아닐까? 아침에 눈을 떠서 저녁에 잠들기까지, 하루를 사는 일련의 과정들. 물론 우리는 정해진 대로 일하는 로봇이 아니고, 수많은 돌발 상황을 안고 살아가는 평범한 사람인지라 완벽하지 못한 날이 많다. 아이가 고열에 시달려 새벽 내내 물수건으로 몸을 닦아 주고 옷을 벗겼다 입히기를 반복하며 온도계를 부여잡고 잠들기도 한다. 그런 날은 미라클모닝이 아니라 고역의 모닝이다. 과감히 모닝 루틴과 독서는 잊는다. 온전히 아이에게 집중하며 엄마 노릇을 충실히 한다.

중요한 것은 이 루틴을 포기하지 않고 계속 이어가는 것이다. 아주 작은 반복이 습관으로 자리 잡듯이 꾸준함의 힘은 크다. 아주 작은 일이라도 꾸준히 이어 간다면 탁월함으로 자리 잡게 된다. 앞뒤 재지 말고 그냥 오늘 하루에 집중하자. 그 누구보다 나를 믿자. '에이~. 내가 언제 다이어리 끝까지 다 쓴 적이 있었어? 이번에도 안 될 텐데 돈 낭비하지 말자.' 우리는 너무 쉽게 자기비판을 서슴지 않는다. 이번엔 다를 수도 있다. 우리 인생에도 새로 고침이 가능하다. 언제나 새로운 날의 시작임을 잊지 말자. 온전히 자신에게 집중하고 무엇이든 해낼 수 있다고 믿어라. 변할 수 있다고 믿으면 변하고야 만다.

이때 필요한 것은 기록이다. 일기장도 좋고 SNS에 올려도 좋다. 차곡차곡 잘 정리한 기록은 본인의 변화를 한눈에 볼 수 있는 발전의 증거가 되어 주는 셈이다. 다음 장에 적은 나의 루틴과 성장 기록을 따라가며 본인만의 루틴을 꼭 찾길 바란다.

쾌변을 부르는 모닝 페이지

> **66**
>
> 아침 일기는 정신을 닦아 주는 와이퍼다.
> 혼란한 생각들을 일기에 적어 놓기만 해도,
> 좀 더 맑은 눈으로 하루를 마주할 수 있다.
>
> 줄리아 카메론
>
> **99**

새벽 기상을 시작하면서 아침 일기를 쓰기 시작했다. 따로 노트를 만들지는 않았고, 간단한 사진과 함께 블로그에 기록을 남기는 형식이었다. 어느 날 한동대 이재영 교수가 "인간의 천재성은 노트에서 나온다."라고 한 말이 가슴에 콱 박혔다. 손으로 직접 쓰는 것이 중요하다는 것이다. 《미라클모닝》과 《타이탄의 도구들》에서도 아침에 일어나서 글을 쓰는 것이 중요하다고 말한다. 일단 안 쓰는 스프링 노트를 하나 찾아내 매일 아침 다섯 줄 정도의 짧은 글을 썼다. 더 할 말도 없고 그냥 그렇게 덮어 버리기 일쑤였다. 잘하고 있는 건지 궁금했다.

때마침 《아티스트 웨이》라는 책을 추천받아 '모닝 페이지'라는 것을 알게 되었다. 모닝 페이지는 매일 아침 눈뜨자마자 생각나는 것들을 써 내려가는 일종의 아침 메모다. 그런데 필수적인 조건이 덧붙었다. '무조건 손으로! 3쪽 쓰기! 아무에게도 보여 주지 않기!' 1쪽도 못 채우는데 3쪽이나 쓸 수 있을는지 걱정부터 앞섰다. 다음 날 아침 무조건 다 쓸 때까지 쓴다는 마음으로 연필을 잡았다. '더 쓸 말이 없다. 뭘 쓰라는 거지.'라는 어처구니없는 글을 포함해 겨우 3쪽을 채웠다.

처음엔 마음 열기가 힘들었다. 솔직한 감정들을 다 적어도 되는지 두려웠다. 나이가 들수록 누구에게 보이는 글이 아니면 잘 쓰지 않았던 탓인지 계속해서 글쓰기에 눈치를 살피게 된다. 기존의 아침 일기는 블로그에 올렸기 때문에 정제된 글들이었다. 긍정적인 내용만 적으려 애썼다. 그 습관 때문인지 모닝 페이지를 쓸 때도 계속 누군가를 의식하며 쓰고 있었다. '아무에게도 보여 주지 않아!'라고 다짐한 다음 내 마음속에서 일어나는 모든 검열들을 잠재워 나갔다.

그리고 계속 읊조렸다. "괜찮아. 다 털어 버려." 그렇게 며칠 간 쓰다 보니 정말 오만 가지 마음들이 쏟아져 나왔다. 억누르고 무시했던 저 깊숙한 곳의 수치심과 불안들이 고개를 들었다. 구석구석 마음을 살피며 쓰고 또 썼다. 내 속에 이렇게 많은 감정이 고여 있었구나. 어느 날은 3쪽도 모자랐다. 한번 터진 둑은 막을 수가 없었다. 내 글을 보고 잘 썼니 못 썼니 평가할 사람이 없어서인지 날이 갈수록 거침이 없었다.

그리고 어느새 고요한 순간이 찾아왔다. 한바탕 정신없이 쏟아붓고 나면 더 이상 악에 받친 글이 나오지 않는다. '이제 된 건가?' 마음이 잠잠해지자 새로운 아이디어가 슬며시 떠올랐다. '매일 글을 올리는 인스타그램에서도 독서 모임을 운영하면 어떨까?' 1일 1p 독서, 하루 1쪽 독서 등 다양한 이름들이 스쳐 갔다. 실현 가능성이 없어 보이는 다양한 아이디어들도 자꾸 떠올랐다. 그냥 마구 적었다.

그러던 어느 아침! 모닝 페이지를 쓰다 말고 번뜩 이름 하나가 떠올랐다. 함.성.독.서. '함께 성장 독서'를 그대로 줄인 것이다. 그렇게 시작하게 된 인스타그램 독서 모임 '함성 독서'. '함께 읽고 성장하기'라는 목표로 매일 조금이라도 읽고 기록하는 30

일 독서 챌린지! "다 함께 소리 질러! 예~!" 즐겁고 신나게 책을 읽는 중의적인 의미도 들어 있다. 1기에 10명을 모집했는데 1명도 안 모이면 어쩌나 걱정이 되기도 했다. 모집 글을 썼다 지우기를 반복하다 모닝 페이지에 솔직한 마음을 전부 털어놓았다. 곧 이런 답이 돌아왔다. '1명은 모이겠지. 10명 다 안 모이면 어때? 괜찮아!'

마음 편하게 모집 글을 올렸고 7일 만에 원했던 10명의 멤버가 채워졌다. 10명 중 9명이 30일 챌린지에 성공했고 많은 분들의 요청으로 2기를 오픈했다. 이번에는 만 24시간이 되지 않아 순식간에 10명이 모였다. 밴드와 오프라인에서 독서 모임을 운영하고 있었지만, 주 무대인 인스타에서도 함께 읽기를 실천하고 싶었는데, 결국 그 꿈이 이루어졌다! 이 모든 게 모닝 페이지 덕분이다. 나는 또 새로운 꿈을 꾼다. 계속해서 아이디어가 떠오른다.

왜 모닝 페이지인가?

첫째, 모닝 페이지는 영감의 원천이다. 세계적인 베스트셀러 작가 '세스 고딘'은 좋은 아이디어가 떠오르지 않으면 황당한 아이디어를 많이 내놓으라고 했다. 그중 몇 개쯤은 반짝일 거라고. 모닝 페이지가 바로 그 반짝이는 아이디어의 원천이 되는 글쓰기다. 묵은 감정이 해소되고 나면 그 자리에 새로운 영감과 창조성이 깃든다. 이루고자 하는 목표와 꿈을 향한 아이디어들이 번뜩이며 마구 쏟아져 내리는 경험을 하게 될 것이다.

둘째, 글쓰기 근육을 키운다. 매일 아침 3쪽씩 글을 쓰는 것은 생각보다 엄청난 일이다. 물론 독자가 없는 글쓰기고 피드백을 염두에 두지 않기 때문에 썩 훌륭한 글을 쓰기는 어렵지만, 운동으로 치면 기초 체력을 기르는 단계 정도는 된다. 집 근처 초등학교에 야구부가 있다. 가만 보면 야구 경기를 하는 시간보다 운동장을 뛰고 있는 시간이 훨씬 많다. 글쓰기도 마찬가지다. 쓰기에 대한 기초 체력 없이 바로 좋은 글을 쓸 수 없다. 모닝 페이지는 쓰기 근육을 키우는 기초 훈련이다.

셋째, 심신 디톡스다. 디톡스(Detox)는 디톡시케이션(Detoxication)에서 따온 말로 체내의 해로운 물질을 몸 밖으로 내보내는 '해독'을 의미한다. 모닝 페이지에 걱정스러움과 초조함 등의 혼란한 생각을 늘어놓다 보면 마음이 한결 가벼워진다. 《아티스트 웨이》의 저자는 모닝 페이지 쓰기로 알코올 중독과 우울증 환자에서 벗어나 세계적인 작가가 되었다. 그녀는 모닝 페이지를 정신의 와이퍼라 표현한다. 몸과 마음은 하나라고 했던가? 신기하게도 마음을 비워 내고 나면 몸도 덩달아 비우기를 행한다. 모닝 페이지는 쾌변을 부른다.

자, 이제 마음에 드는 노트와 펜을 준비하자. 그리고 매일 아침 일기 쓰기를 시작하자. 의식의 흐름에 손을 맡기고 3쪽을 채워보자. 나는 처음에 3쪽을 쓰는 데 1시간이 걸렸다. 지금은 절반으로 줄었다. 아침 30분을 할애하는 게 보통 일은 아니지만, 그만큼의 가치가 있다.

모닝 페이지를 쓰고 나서 시작한 하루는 확실히 명료하다. 개운한 감정으로 해야 할 일을 묵묵히 해 나간다. 무엇을 써야 할지 도무지 모르겠다면 나에게 불평을 쏟아도 좋다. '왜 이런걸 쓰라는 거야? 대체 무슨 효과가 있다는 거야?' 그러나 장담하건대 당신은 곧! 놀라운 경험을 하게 될 것이다. 모닝 페이지의 마법에 빠져 헤어 나올 수 없을 것이다. 내가 그랬던 것처럼.

꿈을 실현시키는 기록의 힘

> 신념이 깊은 확신이 되는 순간
> 위대한 일이 일어난다.
>
> 무하마드 알리

벌써 10년 전이다. 유재석과 이적이 함께 부른 〈말하는 대로〉라는 노래가 선풍적인 인기를 끌었다. "말하는 대로~ 될 수 있단 걸 눈으로 본 순간 믿어 보기로 했지." 유재석의 불안했던 시작과 눈부신 미래를 이야기하는 노래. 사람들은 말하는 대로 이루어진다는 가사에서 희망을 보았던 것 같다. 우리가 보기에 최정상에 올라 시작부터 남달랐을 것 같은 그들에게도 '처음'이 있었다. 그걸 깨달으면 지금 우리의 모습이 그렇게 초라하지만은 않다. 무엇이든 될 수 있고 할 수 있는, 무한한 가능성의 존재이니까.

성공한 사람들은 한결같이 말한다. 목표를 쓰고 성공한 모습을 생생히 떠올리라고! 《멈추지 마, 다시 꿈부터 써봐》[57]의 저자 김수영은 25살에 꿈 목록을 작성했고 80개국에서 일흔세 가지의 꿈에 도전하며 살았다. 그중 5년이 되기도 전에 서른두 가지를 이루었다. 현재는 73개였던 꿈이 83개로 늘었으며 72개의 꿈을 이루었다. 현재도 계속해서 저자로 강사로 꿈 전도사로 살아가는 그녀의 열정적인 모습은 많은 이들에게 귀감이 된다.

나에게도 20년이 다 되어 가는 버킷리스트가 있다. 고등학교 때 수능 시험을 치르고 나서 하고 싶은 일들을 썼는데 해를 거듭하며 내용이 더해졌다. '사해에서 책 읽기' 같은 황당한 것들 천지다. 그런데 신기한 것은 거기 쓴 내용의 80%가 이루어졌다는 점이다. TV 출연이나 음반 제작 등은 쓰면서도 될까 싶었다. 그냥 막연히 그랬으면 좋겠다는 마음으로 썼다. 하지만 매일 써 놓은 꿈들을 떠올리며 즐거워했다.

그런데 대학교 1학년 때 지역 TV 방송에 출연하게 되었다.

노래 경연 대회에 참가하게 되었는데 예선을 통과하여 본선이 TV로 방영된 것이다. 여러 명의 백 댄서들과 함께 화려한 조명 아래 노래를 부르다니! 정말 짜릿한 경험이었다. 음반 제작도 뜻하지 않게 이루어졌다. 평소 아카펠라에 관심이 있어서 동호회 활동에 참여했는데 송년회 겸 기부 콘서트를 열고 아카펠라 동요 음반을 제작하게 된 것이다. 한강을 앞에 두고 콘서트장에서 노래를 불렀던 것, 음반 작업을 위해 녹음실에서 녹음했던 것, 내 이름이 박힌 CD를 받은 것. 모두 가슴 벅찬 추억으로 남아 있다.

나는 그냥 꿈을 썼을 뿐이고 즐겁게 상상했을 뿐인데 말이다. 월트 디즈니는 사업 초부터 늘 "내 상상력이 내 현실을 만들어 냈다. 꿈을 꿀 수 있다면 그것을 실현할 수도 있다."라고 말했다. 나는 이제 쓰면 이루어지는 종이 위의 기적을 믿는다.

삶을 변화시키는 긍정 확언의 힘

말과 글에는 힘이 있다. 에밀 쿠에[58]는 자기 자신을 진심으로 믿으면 그 믿음이 축적되어 현실이 된다는 '자기암시'의 창시자다. 그는 평생, 정신적 육체적으로 고통받는 이들을 이 자기

암시 요법으로 치료하는 데 열정을 쏟았다. 그의 치료법은 말더듬이, 류머티즘, 종양, 특수 만성 기관지염, 눈꺼풀 마비 등 많은 환자의 삶을 행복으로 이끌었다. 치료의 요지는 이렇다.

하루 20번 이상 "나는 모든 면에서 날마다 더 나아지고 있다."라는 말을 읊조리는 것이다. 두 눈을 감고 차분하면서도 자신감 있는 목소리로 '반드시 입을 열어 말해야!' 한다. 특히 아침에 눈을 떴을 때나 잠들기 전에 하는 자기암시가 가장 효과적이며 묵주나 매듭이 있는 끈으로 스무 번을 세면서 말하면 좋다.

사람의 상황이나 병명에 따라 '나는 매일 기분이 점점 더 좋아진다.', '나의 고통은 점점 줄어들고 있다.', '사라진다.' 등 자기암시에 쓰이는 말은 조금씩 달라지기도 한다. 그러나 에밀 쿠에는 '모든 면에서'가 모든 것을 포함하기 때문에 특정한 암시가 필요하지 않다고 강조했다.

결과적으로 치료를 한 사람은 그 누구도 아닌 자기 자신의 믿음이다. 모든 사람은 내면에 무한한 힘을 가지고 있다. 어떤 생각을 하고 무슨 말을 하느냐가 인생을 결정한다. 좋은 말이 우리를 올바른 방향으로 이끈다. 보기만 해도 절로 순해지는

'나를 키우는 말'[59]이라는 시 한 편을 옮겨 본다.

행복하다고 말하는 동안은
나도 정말 행복한 사람이 되어
마음에 맑은 샘이 흐르고

고맙다고 말하는 동안은
고마운 마음 새로이 솟아올라
내 마음도 더욱 순해지고
아름답다고 말하는 동안은
나도 잠시 아름다운 사람이 되어
마음 한 자락 환해지고

좋은 말이 나를 키우는 걸
나는 말하면서 다시 알지[i]

한글날 특집으로 방영된 MBC 실험다큐멘터리 〈말의 힘〉에서 흥미진진한 실험을 했다. 2개의 유리병에 쌀밥을 담은 뒤 한쪽에는 '고맙습니다.'를 다른 쪽에는 '짜증 나.'를 써서 붙인 다음

---

i) 《서로 사랑하면 언제라도 봄》, 이해인 지음, 열림원, 28쪽

수시로 그 말을 들려주었다. 4주 뒤 긍정적인 말을 들려준 밥은 하얗고 뽀얀 곰팡이가 생겼다. 반면 부정적인 말을 들려준 밥은 시커멓게 썩어 있었다. 잠깐 스치는 말 한마디에 생각지도 못한 힘이 있다.

그러나 일상을 살아 내다 보면 우리는 종종 잊어버리고 만다. 순식간에 부정적인 감정에 휩싸이고 마는 것이 우리 뇌다. 부정적인 말은 뇌의 변연계를 활성화해 이성을 마비시키고 감정에 휘둘리게 한다. 한마디로 정신 차리고 살지 않으면 인생은 우리를 나쁜 방향으로 이끌기 쉽다. 우리에게 잠재의식을 변화시킬 강력한 도구가 필요하다.

나는 그 답을 긍정 확언에서 찾았다. 30년간 긍정 확언으로 자기 치유의 삶을 제시한 심리 치료 전문가 루이스 헤이[60] 덕분에. 아침에 일어나 물 한 잔을 마시면 곧장 화장실로 가서 세수를 한다. 거울을 보며 활짝 웃으며 "너는 참 친절하고 다정한 사람이야. 웃는 모습도 참 예쁘네!"라고 셀프 칭찬을 한다.

집안 곳곳에 긍정 확언을 써 붙이고 수시로 소리 내어 읽기도 한다. "우리 내면 깊은 곳에는 무엇이든 이룰 수 있는 힘으로 가득하다. 우리 세상은 만사가 순조롭다." 내가 충분히 안전하고 나의 직관이 나를 좋은 쪽으로 인도할 거라고 믿는다.

꿈을 현실로 만드는 보물지도

내가 운영하는 독서 밴드의 이름은 '꿈을 현실로 만드는 독서'다. 나는 책이 정말 꿈을 이루어 준다고 생각한다. 그리고 그 책 속에서 성공한 사람들이 한결같이 말하는 '상상의 힘'을 믿는다. 브라이언 트레이시는 원하는 것을 구체적으로 상상하고, 자주 떠올릴수록 성공 가능성이 커진다고 했다.

"머릿속에 잘 떠오르지 않아요."라고 말씀하시는 분도 종종 계신다. 이런 분들께는 어떤 방법이 좋을까? 그때 《보물지도》라는 책을 알게 되었다. '알게 되었다'는 것이 굉장히 막연할 수 있는데, 1일 1독을 시작하고 모닝 페이지를 쓰면서부터 이런 동시성을 많이 경험하고 있다. 필요하거나 궁금한 일이 있으면 갑자기 필요한 정보들이 흘러들어오는 것이다. 그냥 길거리를 지나다가, SNS를 하다가, 우연한 기회로. 나는 이것이 '끌어당김의 법칙'이라고 생각한다.

'보물지도'는 꿈을 시각화하는 도구라고 보면 된다. 저자가 30년 동안 10억을 투자해 얻은 성공 비법이라고 하니 기대가 되었다. 과연 그것의 실체는? 바로 큰 종이에 자신의 꿈을 쓰고 해당 이미지와 사진을 붙인 것이었다. 그리고 방에 붙여 매일 바라보는 것. 어떤가? 너무 단순해서 김이 빠질 수도 있다. 그러나 성공한 사람들이 이 책을 보고 '누구든 쉽게 꿈을 이룰 수 있는 책', '자신이 하고 싶은 말이 잘 정리된 책'이라고 극찬을 아끼지 않았다.

실제로 보물지도의 효과를 본 사람들은 이런 말을 했다. "매일 보물지도를 보니 꿈을 거듭 생각하게 되어 행동력이 향상되었어요. 아이디어도 마구 샘솟아요." 나도 보물지도를 만들어서 벽에 붙여 두었고, 매일 아침 바라보았다. 행복한 가족, 건강한 몸, 작가 등의 꿈을 꾸며 계속해서 책을 읽고 글을 썼다. 어느새 브런치 작가가 되고 독서 모임을 운영 중이다. 그 뿐만이 아니다. 평지만 겨우 걸을 수 있었던 내가 산을 오르고 다시 요가를 하게 되었다!

보물지도는 혼자 만들어도 되지만 가족과 함께 만드는 것도 좋은 방법이다. 각자가 되고 싶은 존재, 하고 싶은 일, 함께 살고 싶은 곳 등을 적고 관련 이미지를 붙여 두는 것이다. 같은 곳을 바라보고 함께 나아가도록 도와주는 '우리 가족 보물지도' 덕분에 하루하루가 재미있는 모험이 될 것이다. 더불어 아이들에게도 구체적인 비전을 꿈꾸는 방법을 선사해 준다.

우리 식구도 전지에 각자가 갖고 싶거나 되고 싶은 모습의 사진을 붙여 보물지도를 함께 만들었다. 식탁 위에 붙여 두고 수시로 보며 생각나는 것이 있으면 언제든 덧붙인다. 몇 장의 사진이 떼어져 나가고 새로 붙여지길 반복 중이다. 언제까지 이루고 싶은지 기한도 적고 힘을 주는 긍정 확언도 인쇄하여 붙여 두었다. 회의적이었던 남편도 종종 밥을 먹다 말고 흐뭇하게 보물지도를 바라본다.

처음엔 우리 집을 찾은 손님들에게 민망하기도 했다. 하지만 공언의 힘은 크다. 책을 쓰겠다고 써 붙였더니 정말 원고를 쓰고 있었다. 함께성장연구소를 차릴 거라고 썼더니 어느새 함께 성장하고자 하는 사람들이 많아졌고, 네이버 카페를 운영하기에 이르렀다. 말하는 대로 아니 보물지도에 쓴 대로 이루어진다.

밑져야 본전 아닌가? 큰 사이즈가 부담스럽다면 핸드폰 메모장을 활용하는 것도 좋다. 핸드폰 사진첩에 원하는 사진들을 모아 새 폴더로 만들고 수시로 들여다보는 것도 좋은 방법이다. 나는 보물지도를 사진으로 찍어 핸드폰과 아이패드 바탕화면으로 해 두었다. 자주 들여다보고 그것을 생생히 떠올리는 게 핵심이다! 보물지도는 시각화를 도와주는 도구일 뿐이니 형태나 크기는 중요하지 않다.

자, 그럼 여러분의 꿈을 눈앞에 펼쳐 보자!

걸으며 지금 여기에 도착한다

> 자연과 함께하는 모든 산책에서 사람은
> 그가 찾는 것보다 훨씬 더 많은 것을 얻는다.
>
> 존 뮤어

허리가 아파서 정형외과를 밥 먹듯이 드나들던 시절이 있었다. "다른 거 할 생각하지 말고 무조건 걸으세요!" 치료나 주사에 의존하지 말고 통증이 가라앉으면 하루 30분씩 걸으라는 것이다. 한겨울에 패딩과 각종 방한용품으로 온몸을 무장하고 10분, 15분 조금씩 시간을 늘려 가며 걷기 시작했다. 그렇게 한 달 넘게 거의 매일 같이 걷고 또 걸었다. 눈비가 많이 오는 날은 걷기 동영상을 틀어 놓고 집에서 함께 걸었다. 그렇게 걷는 게 익숙해질 무렵 다른 운동에 관심이 생겼다.

큰맘 먹고 1대1 필라테스 12회를 끊었다. 주 2회씩 꾸준히 필라테스를 하면서 동시에 걷기 운동도 소홀히 하지 않았다. 워낙 안 되는 동작들이 많아서 허리 긴장을 풀어주는 동작 위주로 할 수밖에 없었지만 조금씩 운동 범위가 넓어졌다. 이후 집 근처에 새로 생긴 필라테스로 옮겨 4대1 그룹 수업을 들었다. 강도가 세지고 나에게만 맞춘 운동이 아니어서인지 갑자기 허리 통증이 다시 시작되었다. 또다시 누워 있는 나날이 이어질까 무서워 곧바로 병원에 갔다. "하루에 만 보만 걸으면 허리가 바로 서요. 다른 운동은 자칫 균형을 잡지 못하면 또 허리에 무리가 갑니다. 걷기만 하세요!" 결국 내게 남은 운동은 걷기 하나뿐이었다.

어느 추석, 심하게 체한 것도 모자라 생리통까지 겹쳐 할아버지 댁에서 종일 드러누워 있었던 때가 떠올랐다. 물리치료사이신 작은 아버지께서 온몸의 근육을 풀고 혈 자리를 눌러 주시며 말씀하셨다. "예슬이, 혈액 순환이 잘 안 되는 것 같네. 매일 하루 1시간씩 땀나게 걸으면 무병장수할 수 있다. 매일 걸어봐!" 15년 전에 들었던 말을 이제야 실천 중이다.

주말에는 가족과 동네 뒷산에 걸으러 간다. 새로 데크를 깐 무장애숲길 덕분에 산이지만 큰 경사 없이 걷기에 참 좋다. 갑자기 어디선가 고약한 냄새가 났다. 아들들이 걷다 말고 숨을 못 쉬겠다며 토하는 흉내를 내기 시작했다. "엄마 대체 이게 무슨 냄새예요?" 조금 더 가자 시커먼 웅덩이가 보였다. 한동안 비가 오지 않아 꽤 깊고 넓은 웅덩이의 물이 그 자리에 계속 고여 있었던 거다. 온갖 동식물의 사그라듦을 온몸으로 감싸 안으며. 고인 물은 그렇게 썩는다.

사람도 마찬가지다. 가만히 있으면 자기도 모르는 사이 서서히 퇴화한다. 몸 마음 모두. 계속해서 움직여야만 한다. 몸을 움직이기 시작하면 온몸에 혈액이 도는 느낌이 든다. 구석구석 에너지가 흐른다. 신기한 건 마음에도 그 에너지가 전해진다는 거다. 몸에서는 땀이 배어 나오고 마음에서는 불필요한 감정들이 빠져나간다. 생각이 고이면 편협한 사람이 된다. 걸으면 고여 있던 생각들이 해체되고 명쾌해진다.

처음에는 앞서거니 뒤서거니 걸어가는 다른 사람들이 눈에 들어오고, 갖가지 소음들이 귀에 맴돈다. 계속 걷다 보면 어느 순간 내 숨소리만이 들린다. 고개를 들어 하늘을 보고, 푸르른

나무를 본다. 나와 풍경이 하나 되는 순간 온전히 '지금'을 살고 있다는 짜릿함에 온몸이 전율한다. 그저 살아 있음에 감사하고, 자연의 경이로움에 감탄한다.

걸을 때만큼은 이어폰도 책도 없이 그저 맨몸 하나로 걷고 또 걷는다. 독서를 하며 마음을 채웠다면 걷기를 통해 현재에 존재함을 배운다. 과거의 나와 미래의 나를 떠올리지 않고, 오로지 지금 이 순간을 만끽한다.

행복으로 가는 걷기

행복은 감정의 영역이지만 신체와도 밀접하다. 몸이 아프면 짜증이 나기 마련이다. 고로 우리는 행복하기 위해 건강해야 한다. 건강을 증진하는 여러 방법 중 가장 쉽고 안전하며 경제적인 것, 바로 걷기다. 걷기는 신체의 모든 부분에 좋은 영향을 줄 뿐 아니라 정신적으로도 긍정적인 효과를 가져다준다.

현대인들에게 목디스크나 거북목 증후군은 너무나 흔한 질병이 되어 버렸다. 핸드폰과 컴퓨터 등의 스마트 기기가 가져온 최고의 부작용 아닐까? 나도 예외가 아니다. 목이 아프니 자연

두통도 잦다. 걷기 운동으로 척추뼈와 목뼈를 바로 세울 수 있다. 하늘을 보려고 고개를 들면 자동으로 목 스트레칭이 된다.

오시마 기요시의 《걸을수록 뇌가 젊어진다》[61]에는 걷기가 뇌에 다양한 자극을 주어 활성화를 촉진시킨다고 나와 있다. 또 걷기를 통해 몸속 구석구석 피가 원활하게 공급되면서 순환이 잘되고 온몸의 세포가 건강해진다. 나는 평소 급하게 음식을 먹는 습관 때문에 소화불량 증세가 잦은 편이었다. 그런데 식후 산책을 통해 온몸의 신진대사가 원활해져 소화제 복용이 많이 줄었다.

하버드대학교 의대는 걷기를 통해 심혈관질환의 위험이 31%나 줄어든다는 연구 결과를 발표했다. 요즘 대학병원에 가 보면 계단에 "계단을 오를 때마다 수명이 늘어난다."라고 적힌 걸 종종 볼 수 있다. 홍혜걸 박사는 하루 40분만 걸으면 치매를 예방하고 고혈압, 고혈당, 고지방까지 잡을 수 있다고 밝혔다. 걷기를 통해 기억력을 관장하는 뇌의 해마가 도톰해지고, 심장박동이 활발해져 혈관 곳곳에 산소를 공급하기 때문이다.

이쯤 되면 걷지 않을 이유를 찾기가 어려울 정도다. 무엇보다 걷기는 스트레스 호르몬 분비를 줄이고 몸에 좋은 호르몬들을 증가시킨다. 스트레스가 만병의 근원이라고 하는데 이를 억제해 주니 얼마나 좋은가! 걷기는 이렇게 심신에 효과적인 운동이다.

나는 인생을 살면서 꼭 해야 하는 것이 무엇이냐 물으면 '독서와 걷기'라고 대답할 것이다. 사랑하는 사람과 함께 또 따로 즐길 수 있는 가장 쉽고도 간단한 습관이다. 흔히들 명상이 중요하다고 한다. 명상의 본질인 침묵과 정신 집중을 떠올려 보면, 독서와 걷기야말로 훌륭한 명상 아닐까? 명상으로 스트레스와 통증을 완화하고 불면증을 치료하듯, 독서와 걷기로도 충분히 가능하다.

우리는 평소 너무 많은 생각과 불필요한 감정들에 휩싸인다. 어깨가 무거워지면 운동화 끈을 질끈 묶고 밖으로 나간다. 걷다 보면 어느새 마음이 가라앉고 생각이 정리된다. 걸으면 삶이 단순해진다. 그렇게 잠시 마음을 놓고 생각을 멈춘다. 더 빨리 더 높이에 익숙해져 있는 우리에게 쉼을 주는 시간이다.

"나는 걸으면서 나의 가장 풍요로운 생각을 얻게 되었다. 걸으면서 쫓아버릴 수 없을 만큼 무거운 생각이란 하나도 없다."

실존주의철학의 창시자 키에르케고르가 한 말이다. 걷다 보면 고요해지고 긍정적인 마음이 차오른다. 평화로운 마음이 가득할 때 새로운 아이디어가 떠오른다. 페이스북 창업자 마크 저커버그와 같은 사업가들도 걷기를 통해 창의적인 아이디어를 얻는다고 한다.

특히 함께 걷는 것은 갈등 해결에 가장 좋은 방법이다. 가족과 관계 회복을 위해 손을 잡고 걸어 보기를 추천한다. 필자도 종종 남편과 손을 잡고 아파트 앞마당이나 동네 뒷산을 걸으며 대화를 나눈다. 건강도 증진하며 부부 관계도 돈독해진다. 행복은 관계가 전부라는 말이 있다. 걷기로 행복지수를 높일 수 있다. 요즘 각종 걷기 대회가 많은데 그중 가족사랑 걷기 대회도 있다. 코로나 때문에 주춤하지만 다시 개최된다면 꼭 참여하고 싶다.

걷기 운동 대회를 통해 소년 보호 재판 중인 보호 소년들을 치유하고 교화했다는 기사도 있었다. 대전가정법원에서 9박 10일간 비행 청소년 선도를 위해 지리산 둘레길을 걷는 '길 위의 학교'를 운영했는데 큰 호응을 얻었다고 한다.

조용히 걸으며 내면을 돌아보고, 무심코 지나쳤던 풍경에 마음을 빼앗기며 아름다운 추억을 되새긴다. 지친 영혼에 휴식을 주는 시간은 누구에게나 필요하다. 정신과 전문의 이시형 박사는 걷기가 '세로토닌'이라는 행복 호르몬을 만들어 낸다고 밝혔다.[62] 산책을 마치고 얼굴에 화색이 감도는 까닭, 걷기가 곧 행복이라는 것은 이렇게 의학적으로도 증명된 일이다.

나는 오늘도 읽고, 그것을 내 것으로 만들 힘을 얻기 위해 자연 속을 걷는다. 여름내 울던 매미 소리가 사라지고 시원한 바람이 분다. 사락거리며 흔들리는 풀잎과 풀벌레 소리가 주변을 가득 메운다. 슬그머니 겨울이 내려앉더니 온 세상이 고요해진다. 바사삭 흩어진 낙엽을 새하얀 눈이 보듬는가 싶더니 어느새 꽃봉오리 틔우는 봄과 마주한다. 계절과 계절 사이를 걸으며 지금 여기에 도착한다.

새로운 생각을 얻기 위하여 혹은 모든 짐을 내려놓고 치유받기 위하여 걷고 또 걷는다. 걷기는 훌륭한 반려 운동이다. 풍요와 평온을 얻고 더 행복해지기를 바란다면, 당장 밖으로 나가한 걸음 내딛어보자.

쓰기만 해도 행복해지는 감사 일기

> 감사하는 마음은
> 파괴력을 막아 주는 깨어 있는 영혼이다.
>
> 가브리엘 마르셀

해피 뉴 이어! 2021년 1월 1일 아침, 혼자 가만히 앉아 남편이 회사에서 가져다준 뭉툭하고 제법 큰 다이어리를 매만졌다. '올해는 이거 다 쓸 수 있을까?' 요 몇 년간 남편이 준 크고 작은 다이어리들을 한 번도 끝까지 써 본 적이 없다. 학창 시절에는 친구들과 교환 일기를 쓰고 다이어리 꾸미는 맛에 애지중지하곤 했는데. 어느 순간 싸이월드에 그 자리를 내어 주었다. 대학교를 졸업하고 나서 프랭클린 다이어리에 꽂혀 강의를 듣기도 했지만, 새해 첫 주만 열심히 썼다.

이번에는 한번 끝까지 써 보고 싶었다. 1일 1독 중인 책도 기록하고, 매일의 일과도 적으며 나의 변화를 관찰하고 싶었기 때문이다. 그리고 늘 시도했지만 반짝 이벤트로 끝나고 만 감사 일기도 쓰고 싶었다. 다이어리와 감사 일기 꾸준히 쓰기! 노트를 여러 권 만들지 말고 하나로 합쳐야겠다고 문득 생각했다.

왼쪽 페이지에는 한 주간의 일정을 요일별로 쓰는 칸이 있고 오른편은 줄글 여백이 있었다. 먼저 왼편 해당 날짜 칸에 매일 할 일을 적었다. 다이어리가 커서인지 칸이 제법 많이 남았다. 자기 전에 남은 여백에다 감사 일기를 쓰기 시작했다. 칸이 모자라면 오른편 줄글 여백에 쓰면 되니까 여유로웠다. 하루를 마무리하며 다이어리에 썼던 계획들을 확인한다. 한 일에 체크를 하고, 하지 못한 일을 다음 날로 넘긴 후, 감사 일기를 썼다.

감사 일기 쓰기를 시도한 지는 10년이 다 되어 가지만 이렇게 꾸준히 쓴 적은 처음이다. 아침 루틴 중 하나인 플래너 쓰기 또한 마찬가지다. 플래너와 감사 일기를 한 권으로 합친 건 잘한 결정이었다. 예쁘진 않지만 투박한 이 다이어리가 세상에서 가장 소중한 노트가 되었다. 2021년 한 해 다이어리는 그 임무를 완수했고, 2022년도 새로운 다이어리가 플래너 겸 감사 일기 역할을 하고 있다.

처음에는 감사 일기를 쓰는 게 쉽지 않았다. 한 가지도 제대로 쓰기 힘들었다. 2021년 새해 첫날 쓴 감사 일기는 이렇다. "새해 첫날 친정 식구들과 함께 식사를 할 수 있어서 감사합니다. 가족 모두 건강함에 감사합니다." 세 번째는 정말 한참을 생각하다가 이렇게 썼던 기억이 난다. "이 나이에도 여전히 꿈을 꾸고 있음에, 1일 1독을 할 수 있음에 감사합니다."

이후로도 한참 동안 2~3개를 쓰는 데 그쳤고, 내용도 자꾸 반복되는 느낌이었다. 그런데 서서히 변화가 일어났다. 감사 일기를 쓰기 시작한 지 한 달이 되자 눈 깜짝할 사이에 5개를 꽉꽉 채워 쓸 수 있었다. 정말 감사할 일들이 넘쳐났다. 개수를 의식하지 않고 쓴다면 5개는 훌쩍 넘길 수 있을 정도였다.

감사한 마음으로 잠자리에 들면 다음 날까지 충만함이 가득하다. 다음 날 아침 눈을 떴을 때 살아 있음에 감사를 느끼고 옆에 누워 있는 남편에게도 그저 고맙다. '또 어떤 감사할 일이 생길까?' 하루하루 벅찬 마음으로 아침을 시작한다. 이렇게 기대감으로 하루를 시작하는 사람과, 마지못해 일어나 아침이 온 걸 원망하는 사람의 하루는 분명 차이가 있을 것이다.

　실제로 이것을 증명하는 연구 사례가 있다. 긍정심리학자 로버트 에몬스는 12~80세까지의 사람들을 대상으로 2개의 그룹을 나눴다. 한 그룹은 감사 일기를, 나머지 그룹은 보통 일기를 쓰게 했다. 처음에는 두 그룹 사이에 아무런 차이가 없었다. 하지만 시간이 흐를수록 감사 일기를 쓴 그룹의 성적이 오르거나 직장에서의 성과가 더 크게 나타났다. 더 건강했고 행복지수가 높았음은 물론이다.

　오프라 윈프리는 "나는 '고맙습니다. 나는 진실로 복 받은 사람입니다.'라고 말하지 않고 지나간 날이 단 하루도 없다."라고 말할 정도로 감사 일기 애호가다. 그녀는 10년 이상 감사 일기를 쓴 덕분에 삶의 기쁨을 찾았다고 한다. 감사하는 마음이 자신의 불행했던 삶을 바꿀 수 있었던 것이다. 그녀의 저서 《내가 확실히 아는 것들》[63]에는 1996년 10월 12일에 쓴 오프라 윈프리의 감사 일기가 실려 있다.

1. 나를 시원하게 감싸 주는 부드러운 바람을 받으며 플로리다의 피셔섬 주위를 달린 것
2. 햇빛을 받으며 벤치에 앉아 차가운 멜론을 먹은 것
3. 머리가 엄청나게 큰 남자와 소개팅을 한 일과 신이 나서 오랫동안 수다를 떤 것
4. 콘에 담긴 셔벗. 너무나 달콤해서 손가락까지 핥아 먹음
5. 마야 안젤루가 새로 쓴 시를 전화로 들려주신 것[ii]

감사함은 이렇게 소소한 일상 속에 언제나 존재한다. 아주 거창하거나 멀리 있는 것이 아니다. 우리가 서 있는 바로 이 자리에서 감사함을 발견한다면 행복함을 느낄 수 있다.

작은 감사 발견하기

감사 일기를 쓰는 방법에 무슨 원칙이 있으랴만, 처음 시작하는 분들의 막연함을 줄여 드리고 싶었다. 감사 일기와 관련한 도서들[64][65][66]을 읽고 다음과 같이 나름의 원칙을 정리해 보았다.

---

ii) 《내가 확실히 아는 것들》, 오프라 윈프리 지음, 북하우스, 103쪽

1) 최소 3개 이상 매일 쓴다

여기서 핵심은 매일 쓰는 것이다. 처음 시작하는 사람이라면, 한 줄 쓰기도 벅찰 것이다. 그런데 처음부터 무조건 세 줄이라고 못 박으면 다음 날부터는 슬슬 감사 일기에서 멀어진다. 단한 줄이라도 좋으니 매일 쓰는 것을 우선으로 하자. 그리고 최소 3주 이상 꾸준히 반복해야 습관으로 자리 잡는다.

2) 긍정적인 어휘를 사용한다

누구 혹은 무엇 '때문에'라는 말보다 '덕분에'를 사용하는 편이 훨씬 자연스럽다. 또 '못해요.'라고 말하기보다는 '잘하고 싶어요.'라고 바꾸어 표현하는 게 좋다. '영어를 못한다.' 대신 '영어를 잘하고 싶다.'라고 쓰는 것이다. 일상 속에서뿐만 아니라 감사 일기에도 긍정의 표현들을 자주 쓰다 보면 감사한 일들이 더 많이 쏟아지는 진귀한 경험을 하게 된다.

3) 다양한 범주로 나누어 감사할 점을 적는다

가족, 직장, 몸, 자연, 도전 등으로 감사의 범주를 나눈다. 범주 구분 없이 쓰면 계속해서 똑같은 것에 대해 적게 된다. 나도 처음에는 가족에 대해서 비슷한 내용을 돌려쓰게 되었다. 이제는 나, 가족, 자연, 사회 등으로 범주를 나누어 적는다.

예를 들면 다음과 같다. ① 오늘도 아침 일찍 일어나 함께 모닝 페이지를 쓸 수 있어서 감사합니다. ② 퇴근 후 첫째의 수학 공부를 봐 주는 남편에게 감사합니다. ③ 시원한 바람이 불어 쾌적한 날씨가 참 좋습니다. 감사합니다. ④ 동네에서 만나는 사람들이 마스크를 잘 써 주어 감사합니다.

4) 온전히 현재에 집중하여 감사할 거리를 찾는다

갑자기 자리에 앉아 노트를 편다고 감사할 거리가 후두둑 쏟아지지 않는다. 일상을 살아가며 문득 떠오르는 감사한 마음을 놓치지 말아야 한다. 좋은 기분을 감사함으로 바꾸면 된다. '와~. 따뜻한 국물이 참 좋다!'라는 생각이 들었다면 사진을 찍거나 메모를 해 두어 감사 일기로 쓰는 것이다. '오늘 점심으로 따뜻한 국물 요리를 먹어서 참 좋았습니다. 감사합니다.'

5) 감사 일기 쓰기를 함께 한다

요즘은 SNS에 챌린지가 참 다양하다. 미라클모닝, 아침 독서, 운동 등 다양한 주제를 가지고 화상 회의를 이용해 함께 의지를 다진다. 나도 매일 아침 6시 모닝 페이지 쓰기 줌 모임을 참여한다. 요즘은 새벽 5시에 함성 독서실을 운영 중이다. 말은 필요 없다. 그저 카메라를 켠 상태에서 각자 책을 읽거나 글을 쓴다. 만약 감사 일기 쓰기 챌린지에 참여한다면 온오프라인 공간에 모여 각자의 노트에 감사할 점을 찾아 쓰는 식이 될 것이다. 혹은 감사 일기 쓴 것을 서로 돌아가며 이야기 나누는 것도 좋다. 원하는 챌린지가 없다면 본인이 직접 만들어서 운영해 보는 것도 좋겠다.

6) 익숙해지면 '감사 일기'와 '감사 요청 일기'를 같이 쓴다

감사 일기가 하루 동안 일어난 일이나 사람 등에 대해 감사하는 마음을 적는 것이라면, 감사 요청 일기는 미래에 일어날 일에 대해 미리 감사하는 것이다. 《시크릿》, 《꿈꾸는 다락방》[67] 등에서도 공통적으로 운을 끌어당기기 위해서는 생생히 떠올려야 하고, 현재형으로 생각하는 것이 중요하다고 말한다.

이지성 작가는 무명 시절 "세상에 큰 도움이 되고 독자님들의 삶을 변화시키는 힘을 가진 멋진 글을 쓰게 해 주셔서 감사합니다. 저를 베스트셀러 작가로 만들어 주셔서 감사합니다."라는 감사 요청을 했다고 한다. 기쁨이 흘러넘치는 일상과 찬란한 미래를 꿈꾸며 감사 일기를 써 보자. 지금 이 순간 작은 감사의 조각을 발견하는 것만으로, 무미건조했던 삶에 활기를 더하고 기적의 빛이 스며들 것이다.

---

* 감사 일기 쓰기

1. _____ 감사합니다.

2. _____ 감사합니다.

3. _____ 감사합니다.

4. _____ 감사합니다.

5. _____ 감사합니다.

우리는 모두
자기 인생의 주인공이다!

———

"남들이 당신을 설명하도록 내버려 두지 마라.
당신이 무엇을 좋아하고 싫어하는지
또 무엇을 할 수 있고 할 수 없는지를
남들이 말하게 하지 마라."

마사 킨더

원고의 마지막 장을 쓰는데 까마득히 잊고 있었던 기억이 하나 떠올랐다. 고등학교 때 경제를 가르쳐 주셨던 할아버지 선생님에 대한 기억이다. 은퇴를 앞두신 분이셨는데, 늘 단정한 양복 차림에 가르마를 탄 머리가 윤이 났던 선생님이다. 선생님은 경제를 가르치시며 종종 영어 문장을 덧붙이셨다. 제법 발음이 유창하셨던 것으로 기억한다. 그리고 꼬박꼬박 우리에게 존댓말을 하셨다.

"제가 백발이 다 되어 가는데 영어를 잘하는 이유가 뭔지 아십니까? 그것은 매일 아침 신문을 볼 때마다 영어 공부를 하기 때문입니다." 어느 날은 공책 한 권을 가지고 오셨다. 신문 한쪽에 조그맣게 적힌 '영어 한마디'를 매일 오려 붙인 스크랩북이었다. 아침마다 거르지 않고 하신다는 그 영어 공부의 실체를 직접 마주한 날이었다.

신문 속에 있던 영어 한마디쯤 그냥 넘기기 일쑤였는데, 선생님의 공책을 보고 나니 덩달아 마음이 움직였다. 공책에 영어 문장을 오려 붙이기 시작했다. 몇 장 채우지 못하고 흐지부지 끝나 버리고야 말았지만. 선생님처럼 몇십 년 동안 꾸준히 했다면 지금쯤 영어가 매우 유창해졌으려나? 분명 그랬을 것이다. 작고 소소한 일들이 쌓이고 쌓여 비범함이 된다. 위대한 일은 하루아침에 일어나지 않는다.

우리 모두 각자 인생의 빈 페이지 앞에 서 있다. 여기에 무엇을 얼마나 써넣을 것인지는 오직 본인만이 알 수 있다. 남에게 펜을 맡겨 버릴 수도 있고, 아예 펜을 집어 던져 버릴 수도 있다. 혹은 펜을 쥐고 어떻게든 무언가를 써 내려갈 수도 있다. 누가 뭐라 해도 상관없이.

우리는 각자 자기 인생의 집필자다. 그 누구도 인생을 대신 살아 줄 수 없다. 내 인생의 가치는 스스로 만들어 가야 한다. 누군가에게 맡겼던, 혹은 집어 던졌던 펜을 다시 내 손으로 가져오자. 펜 심이 부러지면 다른 것으로 갈면 되고, 잉크가 다 달면 다시 채워 넣으면 된다. 생각하지도 못한 난관에 부딪히더라도 계속 쓰다 보면 길이 생긴다. 그 길을 똑같은 사람에게서 찾으면 비슷한 삶을 산다. 우리는 스승의 스승을 만날 기회가 있다. 바로 책 속에서 말이다.

하루키는 좋은 소설을 쓰려면 좋은 삶을 살아야 한다고 강조했다. 마찬가지로 좋은 부모가 되고, 좋은 인연이 되려면 좋은 삶을 살아야 한다. 책을 읽고 사색하기를 반복하며 좋은 삶에 가까워지기 위해 노력하다 보면 분명 더 나은 내일을 맞이할 것이다. 사람은 누구나 변할 수 있다! 다만, 변하기로 결심하지 않고, 변할 수 있음을 믿지 않을 뿐. 우리는 매일 조금씩 더 나아지고 계속해서 성장할 수 있다.

나는 앞으로도 읽고 쓰는 삶을 이어 갈 것이다. 매일 아침, 모닝 페이지를 쓰고 전날 읽었던 책을 다시 펼쳐 볼 것이다. 주어진 하루를 감사한 마음으로 보내고 매 순간을 사랑할 것이다.

여러분도 책과 함께 일상을 정성껏 살아간다면, 나만의 언어를 발견하고 자기 인생을 멋지게 집필할 날이 올 것이라 믿는다. 그 일은 오직 당신만이 할 수 있다. 꿈이 현실이 되는 독서, 함께 성장하는 독서의 여정에 발걸음을 나란히 하길 바라는 마음이다. 작은 걸음걸음이 모여 위대한 길이 펼쳐지리라 믿어 의심치 않는다.

그대가 매일 삶을 쓸 때,
삶 역시 그대와 함께 쓴다.
그대가 주체적으로 살 때,
삶 또한 동반자로서 함께할 것이다.

1) 《변신》, 프란츠 카프카 지음, 인디북
2) 《비블리오테라피》, 조셉 골드 지음, 북키앙
3) 《헤르만 헤세의 독서의 기술》, 헤르만 헤세 지음, 뜨인돌
4) 《어떻게 나의 일을 찾을 것인가》, 야마구치 슈 지음, 김영사
5) 《수전 손택의 말》, 수전 손택 지음, 마음산책
6) 《정신과 의사의 서재》, 하지현 지음, 인플루엔셜
7) 《천직 여행》, 포 브론슨 지음, 물푸레
8) 《의미 있는 삶을 위하여》, 알렉스 룽구 지음, 수오서재
9) 《그릿》, 앤절라 더크워스, 비즈니스북스
10) 《다산의 마지막 공부》, 조윤재 지음, 청림출판,
11) 《미드나잇 라이브러리》, 매트 헤이그 지음, 인플루엔셜
12) 《공부하는 독종이 살아남는다》, 이시형 지음, 중앙북스
13) 《아티스트 웨이》, 줄리아 카메론 지음, 경당
14) 《인생의 차이를 만드는 독서법 본깨적》, 박상배 지음, 위즈덤하우스
15) 《칼 비테 교육법》, 칼 비테 지음, 차이정원
16) 《어떻게 말해줘야 할까》, 오은영 지음, 김영사
17) 《데일 카네기 인간관계론》, 데일 카네기 지음, 현대지성
18) 《인생의 태도》, 웨인 다이어 지음, 더퀘스트
19) 《거실공부의 마법》, 오가와 다이스케 지음, 키스톤
20) 《임원경제지》, 서유구 지음, 풍석문화재단
21) 《책을 베고 잠든다》, 이기현 지음, 인간과자연사
22) 《글쓰기의 최전선》, 은유 지음, 메멘토
23) 《인의예지 전래동화》, 꼬네상스 지음, 꼬네상스
24) 《자유론》, 존 스튜어트 밀 지음, 현대지성
25) 《하루 15분 책읽어주기의 힘》, 짐 트렐리즈 지음, 북라인
26) 《유대인의 밥상머리 자녀교육법》, 이대희 지음, 베이직북스
27) 《가족식사의 힘》, 미리엄 와이스타인 지음, 한스미디어
28) 《믿는 만큼 자라는 아이들》, 박혜란 지음, 나무를심는사람들
29) 《슈퍼 거북》, 유설화 지음, 책읽는곰
30) 《슈퍼 토끼》, 유설화 지음, 책읽는곰
31) 《세 가지 질문》, 레프 니콜라예비치 톨스토이·존 무스 지음, 달리
32) 《나는 강물처럼 말해요》, 조던 스콧 지음, 책읽는곰
33) 《꼬리 물기 독서법》, 유순덕 지음, 리스컴

34) 《방구석 미술관》, 조원재 지음, 블랙피쉬

35) 《빅터 프랭클의 죽음의 수용소에서》, 빅터 프랭클 지음, 청아출판사

36) 《유배지에서 보낸 정약용의 편지》, 정약용 지음, 보물창고

37) 유시민의 글쓰기 특강》, 유시민 지음, 생각의 길

38) 《서평 쓰는 법》, 이원석 지음, 유유

39) 《삶으로 다시 떠오르기》, 에크하르트 톨레 지음, 연금술사

40) 《시크릿》, 론다 번 지음, 살림Biz

41) 《책, 이게 뭐라고》, 장강명 지음, 아르테

42) 《한정록》, 허균 지음, 솔

43) 《이어령의 마지막 수업》, 김지수 지음, 열림원

44) 《1만권 독서법》, 인나미 아쓰시 지음, 위즈덤하우스

45) 《오직 독서뿐》, 정민 지음, 김영사

46) 《독서력》, 사이토 다카시 지음, 웅진지식하우스

47) 《페스트》, 알베르 카뮈 지음, 민음사

48) 《책 읽기가 필요하지 않은 인생은 없다》, 김애리 지음, 비즈니스북스

49) 《행복이란 무엇인가》, 탈 벤 샤하르 지음, 느낌이있는책

50) 《정민 선생님이 들려주는 고전 독서법》, 정민 지음, 보림

51) 《채근담》, 홍자성 지음, 휴머니스트

52) 《아주 작은 반복의 힘》, 로버트 마우어 지음, 스몰빅라이프

53) 《타이탄의 도구들》, 팀 페리스 지음, 토네이도

54) 《데일리 루틴》, 허두영 지음, 데이비드스톤

55) 《미라클모닝》, 할 엘로드 지음, 한빛비즈

56) 《보물지도》, 모치즈키 도시타카 지음, 나라원

57) 《멈추지 마, 다시 꿈부터 써봐》, 김수영 지음, 꿈꾸는 지구

58) 《자기암시》, 에밀 쿠에 지음, 연암사

59) 《서로 사랑하면 언제라도 봄》, 이해인 지음, 열림원

60) 《하루 한 장 마음챙김》, 루이스 L. 헤이, 니들북

61) 《걸을수록 뇌가 젊어진다》, 오시마 기요미 지음, 전나무숲

62) 《세로토닌하라!》, 이시형 지음, 중앙북스

63) 《내가 확실히 아는 것들》, 오프라 윈프리 지음, 북하우스

64) 《인생이 바뀌는 하루 3줄 감사의 기적》, 윌파이 지음, 포레스트북스

65) 《한줄의 기적, 감사일기》, 양경윤 지음, 쌤앤파커스

66) 《감사하면 달라지는 것들》, 제니스캐플런 지음, 위너스북

67) 《꿈꾸는 다락방》, 이지성 지음, 차이정원

슬기로운 독서생활

초판인쇄 2022년 6월 14일
초판발행 2022년 6월 20일

지은이 정예슬
발행인 조용재
펴낸곳 도서출판 북퀘이크
마케팅 북퀘이크 마케팅 팀
편집 북퀘이크 편집팀
디자인 문화마중

주소 경기도 고양시 일산동구 장백로8 넥스빌 704호
전화 031-925-5366~7
팩스 031-925-5368
이메일 yongjae1110@naver.com
등록번호 제2018-000111호
등록 2018년 6월 27일

정가 15,000원
ISBN 979-11-90860-16-1 (03810)

파본은 구입처나 본사에서 교환해드립니다.